名师读解

朝花夕拾

郑家建 著

海峡出版发行集团 | 海峡文艺出版社

图书在版编目(CIP)数据

名师读解《朝花夕拾》/ 郑家建著. —福州：海峡
文艺出版社,2025.8

ISBN 978-7-5550-3933-4

Ⅰ.Ⅰ210.97

中国国家版本馆 CIP 数据核字第 2024MK6690 号

名师读解《朝花夕拾》

郑家建　著

出 版 人	林　滨
责任编辑	张琳琳
编辑助理	李玫臻
出版发行	海峡文艺出版社
经　　销	福建新华发行(集团)有限责任公司
社　　址	福州市东水路 76 号 14 层
发 行 部	0591－87536797
印　　刷	福建省天一屏山印务有限公司
厂　　址	福建省福州市闽侯县荆溪镇徐家村 166－1 号楼
开　　本	720 毫米×1010 毫米　1/16
字　　数	166 千字
印　　张	13.25
版　　次	2025 年 8 月第 1 版
印　　次	2025 年 8 月第 1 次印刷
书　　号	ISBN 978-7-5550-3933-4
定　　价	36.00 元

如发现印装质量问题,请寄承印厂调换

目　录

引论

　　俄国著名作家康·帕乌斯托夫斯基在其经典之作《金蔷薇》一书中，讲述了一个关于"金蔷薇"的朴实而悲伤的故事：故事的主人公夏米，原是法国殖民军团的一个普通列兵，复员之后，始终过着一贫如洗的生活，最后当上了巴黎的一名清扫工。尽管多年过去了，但是，这个卑微的清扫工的内心始终无法忘却曾经的一段经历。墨西哥战争期间，夏米在韦拉克鲁斯得了严重的疟疾，于是他不得不被遣送回国。团长借此机会托夏米把他的八岁女儿苏珊娜带回法国。在返国途中，为了安抚郁郁寡欢的苏珊娜，夏米绞尽脑汁为她讲了一个又一个的故事，其中有一个故事打动了小姑娘的心，那是发生在夏米家乡的往事。

　　有一个年老的渔妇，"在她家那座耶稣受极刑的十字架上，挂着一朵用金子打成的、做工粗糙的、已经发黑了的蔷薇花"，尽管如此贫困，老渔妇始终不愿意把这件宝物卖掉。据说，这朵金蔷薇是老渔妇年轻的时候，她的未婚夫为了祝愿她幸福而馈赠给她的，并且，关于这个罕见的金蔷薇还流传着这样的一个说法："谁家有金蔷薇，谁家就有福气。不光这家子人有福气，连用手碰到过这朵蔷薇的人，也都能沾光。"这种说法终于应验了，老渔妇的儿子，一位画家，出人意料地从巴黎回来了，从此，"老妇人的小屋就完全变了样，不但充满了欢笑，而且十分富足"。

当夏米讲完这个故事时,小姑娘忽然问道:将来是否也会有人送她一朵金蔷薇呢?夏米机智地回答说,世上什么事都可能发生。到了鲁昂后,夏米就把小姑娘交给了她的姑妈,而他自己则流落到巴黎当了一名清扫工。就这样,许多年过去了,在一次夜阑人静时分,身为清扫工的夏米在塞纳河边的一座桥栏上,不期然地遇上了因与男友不合而伤心欲绝的苏珊娜,此时的苏珊娜已出落成一个大姑娘了,因同情她的处境,夏米就让苏珊娜在自己的家中暂住下来。五六天后,苏珊娜又与男友重归于好,离开夏米在巴黎郊外破败的小屋,但这短暂的相聚彻底改变了夏米的内心世界,也彻底改变了夏米此后的人生。自从送别苏珊娜之后,他就不再把首饰作坊里的尘土倒掉了,而是全都偷偷地倒进一个麻袋,背回家去。他决定把首饰作坊的尘土里的金粉筛出来,铸成一小块金锭,然后用这块金锭打一小朵金蔷薇送给苏珊娜,祝愿她幸福。就这样,日复一日,年复一年,筛出的金粉终于足够铸成一小块金锭了。夏米就请一位老工匠打了一朵极其精致的蔷薇花,此时,夏米的生命之火业已到了忽明忽灭、摇曳不定的瞬间。可怜的夏米,因为苏珊娜远渡美国最终没有送出那朵凝结他一生的幻想、激情与爱的金蔷薇。①

在讲完这个凄婉的故事之后,康·帕乌斯托夫斯基深情地写道:"每一分钟,每一个在无意中说出来的字眼,每一个无心的流盼,每一个深刻的或者戏谑的想法,人的心脏的每一次觉察不到的搏动,一如杨树的飞絮或者夜间映在水洼中的星光——无不都是一粒粒金粉。我们,文学家们,以数十年的时间筛取着数以百万计的这种微尘,不知不觉地把它们聚集拢来,熔成合金,然

---

① [俄]康·帕乌斯托夫斯基:《金蔷薇》,戴骢译,上海:上海译文出版社,2010年,第1~12页。

后将其锻造成我们的'金蔷薇'——中篇小说、长篇小说或者长诗。夏米的金蔷薇！我认为这朵蔷薇在某种程度上是我们创作活动的榜样。奇怪的是没有一个人花过力气去探究怎样会从这些珍贵的微尘中产生出生气勃勃的文字的洪流。然而，一如老清扫工旨在祝愿苏珊娜幸福而铸就了金蔷薇那样，我们的创作旨在让大地的美丽，让号召人们为幸福、欢乐和自由而斗争的呼声，让人类广阔的心灵和理性的力量去战胜黑暗，像不落的太阳一般光华四射。"①——在这个意义上说，作家每一次真诚的、源于内心的创作，犹如夏米执着而艰苦的劳作，在簸扬之间，喧嚣与浮华随风飘散，而作家一直要到沉甸甸的记忆、情感与思想犹如金粉般隐隐出现了，才能安下心来。②因此，每一部优秀的作品，都是一朵金蔷薇，不论它旨在送给自己，还是他人。夏米是幸福的，他终于在有生之年铸就了那朵金蔷薇；但夏米又是不幸的，因为这朵金蔷薇还没来得及优雅而热烈地绽放，就痛苦地凋萎在死亡记忆之中。然而，作为文学经典的"金蔷薇"，却能摆脱夏米式的命运之厄，尽管也将承受四季无穷的变幻，风雨无情的打击，但它总能在春暖花开之际，绽放依然。《朝花夕拾》就如这样一朵熠熠闪光的"金蔷薇"，它也是由鲁迅内心世界无限飞扬的记忆金粉铸就而成。如今，在经受岁月磨砺之后，它仍旧如此绰约而隽永地开放在中国现代散文盛坛之上。

全面检读已有的《朝花夕拾》的研究文献，我们不得不遗憾地看到，迄今为止，关于《朝花夕拾》的研究，仍以王瑶先生在1983年发表的《论〈朝花夕拾〉》为最高水平。高远东先生曾在

---

① [俄]康·帕乌斯托夫斯基：《金蔷薇》，戴骢译，上海：上海译文出版社，2010年，第13页。

② [俄]康·帕乌斯托夫斯基：《金蔷薇》，戴骢译，上海：上海译文出版社，2010年，第11页。

1990 年的一篇评论中感慨地说道："如果说新时期的鲁迅作品研究的学术'记录'大多由中青年学者所创造（如《呐喊》《彷徨》研究之于王富仁、汪晖，《野草》研究之于孙玉石、钱理群），那么关于《故事新编》和《朝花夕拾》研究的最高'记录'则仍由王先生这样的前辈学者保持着。个中原因颇耐人寻味。"① 许多年过去了，《呐喊》《彷徨》《野草》与《故事新编》的研究又有了很大的进展，唯独面对《朝花夕拾》的研究现状，我的感慨依然如旧，此时，个中原因已不是"颇耐人寻味"一词所能敷衍的了。当然，要找到差距并试图超越，首先必须公正而谦逊地分析和继承前人的研究成果。

王瑶先生的《论〈朝花夕拾〉》，我认为，有以下几个方面的重大贡献。一、他指出："《朝花夕拾》各篇虽然也可以各自独立成文，但作为一本书却是有机的整体。"② 论文写道："在鲁迅诸多创作集中，《朝花夕拾》这一特点是不容忽视的。因此，研究《朝花夕拾》，不能只把它看作是片段的回忆录，也不能满足于只就各篇作细致的分析，还要注意把全书作为一个统一的机体来考察，了解作者写这一组文章的总的意图和心境，从总体上把握此书的意义、价值和特色，认识它在中国现代散文创作和鲁迅作品中的地位。"③ 王瑶先生的这一论断，具有方法论的意义，它确定了《朝花夕拾》研究所必要的整体性视野和架构。二、王瑶先生对《朝花夕拾》的艺术特点分析精当，并敏锐地看到《朝花夕拾》这些艺术特点与日本厨川白村《出了象牙之塔》一书中关于 Essay (随笔) 的论述之关系。他说："这些特点很容易使我们联想到在写《朝花夕拾》的前一年，鲁迅翻译的日本厨川白村《出

---

① 　高远东：《现代如何"拿来"——鲁迅的思想与文学论集》，上海：复旦大学出版社，2009 年，第 242 页。

②③ 　王瑶：《鲁迅作品论集》，北京：人民文学出版社，1984年，第147页。

了象牙之塔》一书中关于 Essay（随笔）的论述。"①王瑶先生对这一内在关系的揭示，有助于我们更深入地探讨《朝花夕拾》对外来文学资源的借鉴与创新，也有助于我们更准确地阐释《朝花夕拾》艺术特点的生成过程。在论文中，王瑶先生对这一问题作出独到的分析，他写道："厨川白村对散文随笔的特点所作的这些理论性的阐述，对中国曾有过很大的影响；郁达夫说：'至如鲁迅先生所翻的厨川白村氏在《出了象牙之塔》里介绍英国 Essay 的文章，更为弄文墨的人，大家所读过的妙文。'值得注意的是不仅他所阐述的这些特点与《朝花夕拾》的写法有所契合，而且这也是得到鲁迅自己的首肯的。据当时刊登《朝花夕拾》文章的《莽原》负责人之一李霁野回忆：'鲁迅先生在同我们谈到《出了象牙之塔》的时候，劝我多读点英国的 Essay，并教导我勉力写这种体裁的文章。'接着就说他们同鲁迅谈过如'《狗·猫·鼠》这样别开生面的回忆文，似乎都受了一点本书的影响，但是思想意义的深度和广度，总结革命经验的科学性，坚持韧性斗争的激情，都不是《出了象牙之塔》所能比拟，先生倒是也不否认的'。鲁迅并且给他们谈过这类文章的写法：'要锻炼着撒开手，只要抓紧辔头，就不必怕放野马；过于拘谨，要防止走上"小摆设"的绝路。'"②王瑶先生的这番阐述，不仅对探讨《朝花夕拾》之"幽默和雍容"的艺术特点是如何形成有重要作用，而且对探讨鲁迅杂文的艺术特点是如何形成，也有重要的启示。遗憾的是，迄今为止，在这条探索的路上，后人向前迈进的步伐仍然十分有限。三、《论〈朝花夕拾〉》是王瑶先生生前所写的最后一篇关于鲁迅研究的论文，对其个体生命历程而言，"不能不说另有一种

---

① 王瑶：《鲁迅作品论集》，北京：人民文学出版社，1984年，第166页。
② 王瑶：《鲁迅作品论集》，北京：人民文学出版社，1984年，第167页。

意义"。① 在论文的字里行间，我隐约地体会到，王瑶先生透过对鲁迅回忆之解读，曲折地流露出某种属于他自己内心世界的情绪，不知不觉之中就与鲁迅在回忆之中所流淌的情感交相辉映。总之，《论〈朝花夕拾〉》一文既有对鲁迅创作心境的独特解读，又有对《朝花夕拾》艺术之美的独特揭示，也有对自己晚年心境的独特观照，这一切，都使得这篇论文成为《朝花夕拾》研究史上的经典之作。

这就是摆在新一代《朝花夕拾》研究者面前令人敬畏的高度和无声的挑战。

在王瑶先生这些洞见的启发下，我们或许能够开辟出无数条通向《朝花夕拾》艺术世界的探索新路。在这里，我选择的是诗学阐释的研究方法。所谓诗学阐释，就是将现代文本学理论付诸作品解读、分析的话语批评实践。在方法论上，诗学阐释首先强调文本作为一个独立自足的艺术世界，有着独特的语言、意象、意境和意蕴，这就必然涉及对文本的叙述技巧、修辞方式、文体风格等审美机制的分析。其次强调文本的生成性，认为，文本中不仅有作家经验的再现，而且有情感、个性的融入与价值关怀，因此，诗学阐释必须把对文本的解读与分析放置于"论世"与"知人"的网络交错之中，方可参透"文义"与"文心"。第三，诗学阐释必然要觉察文本与作家所置身的历史的、当下的精神主潮与审美风尚之间的复杂互动。基于上述的理论规定性，诗学阐释在具体的操作实践中，既要注意汲取西方现代文本学理论强调语言、结构、文体和修辞分析之长处，又要继承中国传统文本学关注文本与作家个性、文学传统、时代风貌的多重融合性的理论智慧。综观而言，文本的诗学阐释，

---

① 高远东：《现代如何"拿来"——鲁迅的思想与文学论集》，上海：复旦大学出版社，2009 年，第 243 页。

既要求有针对文本内部的叙述、结构、风格的具体而微的揭示，又要求辩证地看待文本与外部的时代精神、文学传统和作家个性之间多重的对话性与互文性。①

在这一研究方法的指引下，我的读解思路拟向两个维度展开。

一是，在对文本的纵向生成的读解中，阐释文本的艺术之美。从纵剖面看，《朝花夕拾》的文本生成结构，是一种从"所忆"→"所感"→"所思"这样一个从感性经验到情感观照再到智性审视的过程，这也是一种从审美到审智的过程。在这样一个过程中，文本的任何一个层面，无论是"所忆""所感"还是深藏着的"所思"，都需要借助语言的技巧与经营才能得以实现。换句话说，都必须落实在文本的叙述结构、抒情方式、修辞特点、文体风格等多重有机的审美创造上。只有对这一复杂的审美创造过程进行细致读解与精当剖析，才能揭示出《朝花夕拾》作为经典的艺术奥妙。

二是，在对文本内与外的横向关系的读解中，阐释文本意义结构的丰富性与复杂性。作家的精神主体、生命体验、现实处境、文学传统、思想脉络以及创作道路等要素，对《朝花夕拾》而言，既在文本之内，又在文本之外，都与《朝花夕拾》存在着或隐或显、或深或浅、似断实连、似非而是的复杂关系。面对这种复杂关系，只有具备开阔的视野和足够的细致与耐心，才可能揭示《朝花夕拾》在"旧事"与"重提"、"朝"与"夕"的时空错位之间所孕育着的心灵与思想的深邃性。

《朝花夕拾》作为中国现代散文的经典之作，对它进行诗学阐释将有助于我们探索现代散文的阐释路径。因此，我的目标

---

① 郑家建：《东张西望——中国现代文学论集》，福州：海峡文艺出版社，2008年，第150~157页。

是，借助《朝花夕拾》研究个案，试图建立一种关于现代散文的阐释方法，或者说读解路径。众所周知，在中西方文学史上，散文创作在数量上浩如烟海。与此类似，在中西方文学理论史、文学批评史上，散文理论也是繁茂如林，并尤为芜杂。在这种情况下，若要选择一种具有可操作性的读解与分析的理论方法，则不免举步维艰、四顾茫然，让人几乎无所措手。因此，如何像小说研究在理论方法上有叙事学那样，建立一种散文之读解与分析的方法论，哪怕是初步的，也将是一个十分诱人的学术课题。《朝花夕拾》的诗学阐释，或许可以成为一次有益的尝试。

一、说吧，记忆

——《朝花夕拾》"回忆"的叙述学分析

著名作家纳博科夫把他的自传题为《说吧，记忆》，我一直很迷恋这一书名。每一次阅读这本书时，总有一种说不清的情绪，我总在想，当一个人的记忆之门打开之时，究竟会有怎样的人与事随之而汩汩流出呢？一个人又是怎样做到让这些汩汩流出的人与事，能够有声有色地活在话语的世界之中呢？令人欣慰的是，在西方文学史上有许多作家做到了，如歌德、巴尔扎克、普鲁斯特、乔伊斯、福克纳、海明威、茨威格、卡内蒂、格拉斯等人，他们都为世人奉献了凝结着各自记忆与生命的经典之作。而在中国，堪与之媲美之作又有几多？答案诚然是见仁见智，但无论如何，鲁迅的《朝花夕拾》必居其一。

鲁迅在《朝花夕拾·小引》中曾别有深意地说了这样的一番话："我有一时，曾经屡次忆起儿时在故乡所吃的蔬果：菱角，罗汉豆，茭白，香瓜。凡这些，都是极其鲜美可口的；都曾是使我思乡的蛊惑。后来，我在久别之后尝到了，也不过如此；唯独在记忆上，还有旧来的意味留存。他们也许要哄骗我一生，使我时时反顾。这十篇就是从记忆中抄出来的，与实际容或有些不同，然而我现在只记得是这样。"①可以说，《朝花夕拾》的创作，

---

① 鲁迅：《鲁迅全集》(第二卷)，北京：人民文学出版社，2005年，第236页。

是鲁迅在重拾那些早已飘零在记忆深处的"旧来意味"。那些曾经葱郁的"朝花"，如今或许早已零落。因此，对这一记忆世界的反顾，是我读解的出发点。

在我的阐释视野之中，反顾的路径有两条：一是，按照鲁迅的写作顺序逐篇阐释；二是，先对《朝花夕拾》的记忆世界进行整体性的观照，而后按照叙述形态的不同加以类型分析。显然，第二种路径更符合整体性视野与架构，这也是本书所选取的反顾之路。

当你进入《朝花夕拾》的记忆世界，就会发现，这里的记忆井然有序，这里的记忆有隐有显，这里记忆有详有略。更令人惊叹的是，记忆之中的人和事，并没有因为时光的流逝而变得模糊不清，反而显得栩栩如生、历历在目。那么，鲁迅如何做到这一点？这不仅是心理学问题，也是一个叙述学的问题。因此，对鲁迅记忆世界的叙述学分析，就成为打开《朝花夕拾》文本世界第一道大门的关键所在。

（一）被唤醒的灵魂

《朝花夕拾》的不少篇章，对中国读者来说，确实是耳熟能详。毫无疑问，印象最深刻的当属其中的一系列人物形象。就让我们再一次从那文字世界里唤醒阿长、藤野先生、范爱农等人吧，且看看他们是如何从鲁迅的记忆深处缓缓地走出，又是如何清晰地伫立在一代又一代读者的眼前——恍若与我们迎面相逢。

在《阿长与〈山海经〉》一文中，鲁迅深情地回忆了一个连属于自己的名字也没有的小人物，即"我"的保姆长妈妈。他写道："我们那里没有姓长的；她生得黄胖而矮，'长'也不是形容词。又不是她的名字……记得她也曾告诉过我这个名称的来历：先前的先前，我家有一个女工，身材生得很高大，这就是真阿长。后来她回去了，我那什么姑娘才来补她的缺，然而大家因为叫惯了，没有再改口，于是她从此也就成为长妈妈了。"开头的这一番叙述，似乎在唤起读者的同情。然而，不，鲁迅随即把笔锋一转，写道："虽然背地里说人长短不是好事情，但倘使要我说句真心话，我可只得说：我实在不大佩服她。"是的！你看，在这个乡下女人身上有着不少让人讨厌的"毛病"："常喜欢切切察察，向人们低声絮说些什么事，还竖起第二个手指，在空中上下摇动，或者点着对手或自己的鼻尖。我的家里一有些小风波，不知怎的我总疑心和这'切切察察'有些关系。"在这里，鲁迅勾画了两个极具小说化的细节："低声絮说"和"竖起第二个手指，在空中上下摇动……"——简练而生动地写出长妈妈喜欢搬弄是非的缺点。但是，又不全然如此，阿长也有其细心的一面，如，"又不许我走动，拔一株草，翻一块石头，就说我顽皮，要告诉我的母亲去了"。这些管教对生性喜欢无拘无束的孩子来说，显然都是一种束缚。白昼时，阿长的管束虽然让人讨厌但却十分细心，然而，睡着的时候，却是另一番情景："一到夏天，睡觉时她又伸开两脚两手，在床中间摆成一个'大'字，挤得我没有余地翻身，久睡在一角的席子上，又已经烤得那么热。推她呢，不动；叫她呢，也不闻。"写到这里，阿长给人的印象差不多是一个大大咧咧、不守规矩的粗俗女人。但是，不，"她懂得许多规矩；这些规矩，也大概是我所不耐烦的"。

若果真如此，阿长又有什么值得"我"深情回忆呢？显然，这是作者有意要把读者引向情感判断的歧路口，其目的是出乎意料地展示阿长性格的另一面：正当"我"对绘图的《山海经》念念不忘却又一筹莫展之际，唯有她做到了："过了十多天，或者一个月罢，我还很记得，是她告假回家以后的四五天，她穿着新的蓝布衫回来了，一见面，就将一包书递给我，高兴地说道：
'哥儿，有画儿的"三哼经"，我给你买来了！'我似乎遇着了一
个霹雳，全体都震悚起来；赶紧去接过来，打开纸包，是四本小
小的书，略略一翻，人面的兽，九头的蛇，……果然都在内。"
这是文本叙述的重大转折点，但在这一叙述之中，鲁迅有意略去
了许多细节，如，阿长是如何买到"三哼经"的？这个过程对于
一个不识字的女人来说，究竟是历尽艰辛，还是得来全不费工
夫？阿长买到"三哼经"时的心理状态又是如何？其动机是出于
对"我"单纯的爱，还是功利性地对"我"这个小少爷的讨好？
书价或许是一笔不小的开支，阿长有过犹豫吗？这些看起来是基
于人性的正常追问，鲁迅都避而不语。文本只是集中笔墨极力突
出"我"得到"三哼经"的激动心情，从而通过"我"的情感反
应来折射阿长性格中所隐藏着的淳朴、善良的一面。文本叙述
推进到这里，也就完全翻转了此前对阿长"不大佩服""无法可
想""不耐烦"的感受。阿长，这个劳苦的乡下女人就是这样在
鲁迅的峰回路转的叙述流变中，生动而鲜明地展示了她个性的多
样性和丰富性。就是这样，时隔三十多年之后，在鲁迅的记忆世
界中，她再次复活了。值得注意的是，在刻画阿长这一人物形象
时，鲁迅主要选取最能突出人物个性的细节、语言和神态，并且
通过多个极富戏剧性的场景，展示人物细微的心理过程，使得人
物性格更加生动、丰满，其中也展现了鲁迅杰出的小说家天赋。

　　日本仙台的一个名不见经传的医学教授，因《藤野先生》一
文而在中国变得家喻户晓。在这篇散文中，鲁迅回忆了在仙台医
学专门学校短暂的一年求学中与藤野先生之间的独特友谊。和
《阿长与〈山海经〉》中借助"我"与阿长的情感关系之曲折变化
来推进叙述发展有所不同，对于藤野先生的回忆，鲁迅侧重于场
景化叙述。这样的叙述形态，并不要求叙述过程的完整性、曲折

性，而看重的是有效的叙述聚焦，聚焦点越明确，人物性格的展示就越鲜明有力。《藤野先生》一文，作者对藤野先生的正面着笔并不多，主要集中在关于"我"与"藤野先生"几次交往场景的叙述：

第一次是他担心"我"能否抄下他上课的讲义，希望"我"拿给他看一看，于是，"我交出所抄的讲义去，他收下了，第二三天便还我，并且说，此后每一星期要送给他看一回。我拿下来打开看时，很吃了一惊，同时也感到一种不安和感激。原来我的讲义已经从头到末，都用红笔添改过了，不但增加了许多脱漏的地方，连文法的错误，也都一一订正。这样一直继续到教完了他所担任的功课：骨学，血管学，神经学"。

第二次是藤野先生修改我讲义上的下臂血管的解剖图，文中写道："还记得有一回藤野先生将我叫到他的研究室里去，翻出我那讲义上的一个图来，是下臂的血管，指着，向我和蔼的说道：'你看，你将这条血管移了一点位置了。——自然，这样一移，的确比较的好看些，然而解剖图不是美术，实物是那么样的，我们没法改换它。现在我给你改好了，以后你要全照着黑板上那样的画。'但是我不服气，口头答应着，心里却想道：'图还是我画的不错；至于实在的情形，我心里自然记得的。'"叙述之中，作者有意突出了"我"与藤野先生的"冲突"，从而产生了文本叙述的错层感："我"越是不以为然，反而越能突出藤野先生在治学上的严谨与求真的态度，也就越能充分地把"我"在回忆之时所感到的愧疚感表达出来，其产生的审美效果是，在叙述过程中，这一切表面上看起来是波澜不惊，但内在之间却暗流涌动。尽管此处的叙述并非对藤野先生性格的正面刻画，但特意聚焦他对解剖图的较真态度，目的是要从侧面刻画他性格中方正严谨的一面。在叙"事"之中刻画人物性格，是这篇散文重要的创作方法之一。

　　文本关于"我"与藤野先生第三次与第四次的交往的叙述，就相对简略些，这种详略得当的叙述使得文本的结构更加富有节奏。当然，在这种简略之中，作者并没有放过对人物性格进行有力刻画，如，第三次叙述藤野先生对"我"是否肯解剖尸体的担心，文中写道："解剖实习了大概一星期，他又叫我去了，很高兴地，仍用了极有抑扬的声调对我说道：'我因为听说中国人是很敬重鬼的，所以很担心，怕你不肯解剖尸体。现在总算放心了，没有这回事。'"作者用了"极有抑扬的声调"来形容，写出藤野先生的内心从担心到释然再到欣喜的复杂过程。值得注意的是，在文本中鲁迅特别叙述了藤野先生试图向"我"了解中国女人裹脚的方法，进而了解足骨怎样变成畸形。二十多年后，这一细节再现于鲁迅的脑海，肯定别有深意。裹脚作为中国传统文明的野蛮性表征之一，曾引起新文化运动的思想家们猛烈的抨击，其中尤以周作人、鲁迅的批判最为激烈、深刻。藤野先生作为一名医学工作者，从医学的角度关注裹脚对足骨畸形的伤害，这一幕往日的情景，一定给了鲁迅许多的批判勇气与力量。

　　在对第三次、第四次交往的简略叙述之后，作者的笔致由"弛"转入"张"。关于"我"与藤野先生的第五次交往的叙述，文本极显详尽之所能，不仅描绘了人物在交往之中的语言、神态，而且尽可能突出人物的心理活动，如，文中写道："到第二学年的终结，我便去寻藤野先生，告诉他我将不学医学，并且离开这仙台。他的脸色仿佛有些悲哀，似乎想说话，但竟没有说。""将走的前几天，他叫我到他家里去，交给我一张照相，后面写着两个字道：'惜别'，还说希望将我的也送他。但我这时适值没有照相了；他便叮嘱我将来照了寄给他，并且时时通信告诉他此后的状况。"在这段叙述之中，作者再一次有意强调"我"

与藤野先生之间的情感错位："其实我并没有决意要学生物学，因为看得他有些凄然，便说了一个慰安他的谎话。"对此，藤野先生不仅没有识破，反而表示惋惜，这就无声地突出了他性格中真诚的一面。

在离别之际，藤野先生对"我"有许多"惜别"之举，而"我"因生活状况之无聊，无以回应。文本越是强化这种情感错位，就越能突出人物的性格特征，也就越能突出人物之间的无法割舍的情感联结。值得一提的是，对于众所周知的鲁迅离开仙台的原因，在《藤野先生》一文中，鲁迅并没有像在《呐喊·自序》中那样着力渲染，从这点的区别也可以看出，鲁迅在《藤野先生》一文中为了达到对人物性格的刻画，而对叙述节奏和叙述聚焦所作的有意调控。

与《藤野先生》一样，《范爱农》一文也是鲁迅对青年时代友人的回忆。但在对回忆的叙述方式上，两者却截然不同。《范爱农》一文，作者强调的是叙述的时间性与历史感，在叙述之中着眼于人物的外貌、语言、神态的前后不同，以此来展示人物的心理变化，刻画人物性格。鲁迅选取了四个时期的范爱农来写，突出不同时期范爱农不同的性格特征。也可以说，《范爱农》一文写了四个不同的"范爱农"。

一是日本时期的范爱农："这是一个高大身材，长头发，眼球白多黑少的人，看人总像在渺视。他蹲在席子上，我发言大抵就反对；我早觉得奇怪，注意着他的了，到这时才打听别人：说这话的是谁呢，有那么冷？认识的人告诉我说：他叫范爱农。"很显然，作者有意借助人物的外貌、神态、语言和动作，突出范爱农的愤慨。这种"愤慨"的情绪，体现了 20 世纪初的中国有志青年一方面对清王朝充满痛恨而另一方面又找不到有力反抗手段的内在冲突。范爱农的"愤慨"是一代人的"愤慨"，也是一个时代的"愤慨"，在这里，可以看出鲁迅叙述的高度历史概括力。

二是革命前的范爱农："他眼睛还是那样，然而奇怪，只这几年，头上却有了白发了，但也许本来就有，我先前没有留心到。他穿着很旧的布马褂，破布鞋，显得很寒素。谈起自己的经历来，他说他后来没有了学费，不能再留学，便回来了。回到故乡之后，又受着轻蔑，排斥，迫害，几乎无地可容。现在是躲在乡下，教着几个小学生糊口。但因为有时觉得很气闷，所以也趁了航船进城来。他又告诉我现在爱喝酒，于是我们便喝酒。从此他每一进城，必定来访我，非常相熟了。我们醉后常谈些愚不可及的疯话，连母亲偶然听到了也发笑。"需要指出的是，关于回国之后至辛亥革命之前这段时间范爱农的具体情形，作者是转述范爱农自己的说法。我认为，鲁迅巧妙地运用间接叙述的方式，既符合"限知视角"的内在要求，又把自己对革命前范爱农的处境与心境的同情，深深地埋藏起来。这很容易使我们想起鲁迅在《呐喊·自序》中对自己情形的一段叙述："如置身毫无边际的荒原，无可措手的了，这是怎样的悲哀呵，我于是以我所感到者为寂寞。这寂寞又一天一天的长大起来，如大毒蛇，缠住了我的灵魂了。"① 这一时期的范爱农与这一时期的鲁迅一样，内心充满着"寂寞"与"苦闷"，这种"寂寞"与"苦闷"有它特定的时代内涵。然而，与《自序》中对"寂寞"的"无端的悲哀"②不同，鲁迅关于范爱农的"寂寞"与"苦闷"的叙述，则透出一股"笑声"，恰是这一点，让我看到鲁迅性格的另一面，即他在痛苦之中的"跌宕自喜"。

三是革命中的范爱农："到冬初，我们的景况更拮据了，然

---

① ②　　鲁迅:《鲁迅全集》(第一卷)，北京:人民文学出版社，2005年，第439页。

而还喝酒，讲笑话。忽然是武昌起义，接着是绍兴光复。第二天爱农就上城来，戴着农夫常用的毡帽，那笑容是从来没有见过的。""爱农做监学，还是那件布袍子，但不大喝酒了，也很少有工夫谈闲天。他办事，兼教书，实在勤快得可以。"关于革命中的范爱农，作者叙述的重点是"范爱农的欢欣"，这种"欢欣"源于辛亥革命所带来的解放感，源于对共和的信仰。作者尽管着墨不多，但还是写出了辛亥革命带给 20 世纪之初中国知识分子的精神力量与精神变化，还是生动地再现了那个时代的精神气氛。悲哀的是，这种"欢欣"之心情很快就消失殆尽，因为，辛亥革命并没有带来根本性的深刻变化，于是当"季茀写信来催我往南京"时，范爱农"也很赞成，但颇凄凉，说：'这里又是那样，住不得。你快去罢……。'我懂得他无声的话，决计往南京"。此后，范爱农不得不又回到旧的精神轨道上来。鲁迅对范爱农的这种精神变化的叙述，深刻地融入了自己的历史体验，他曾说过："见过辛亥革命，见过二次革命，见过袁世凯称帝，张勋复辟，看来看去，就看得怀疑起来，于是失望，颓唐得很了。"[①] 毋庸置疑，在对革命期间范爱农精神变化的叙述之中，包含着鲁迅自身的诸多历史观感，正如他自己所说："后来也亲历或旁观过几样更寂寞更悲哀的事，都为我所不愿追怀，甘心使他们和我的脑一同消灭在泥土里的。"[②]

四是革命后的范爱农："我从南京移到北京的时候，爱农的学监也被孔教会会长的校长设法去掉了。他又成了革命前的爱农。我想为他在北京寻一点小事做，这是他非常希望的，然而没

---

① 鲁迅：《鲁迅全集》（第四卷），北京：人民文学出版社，2005 年，第 468 页。

② 鲁迅：《鲁迅全集》（第一卷），北京：人民文学出版社，2005 年，第 440 页。

有机会。他后来便到一个熟人的家里去寄食，也时时给我信，景况愈困穷，言辞也愈凄苦。终于又非走出这熟人的家不可，便在各处飘浮。不久，忽然从同乡那里得到一个消息，说他已经掉在水里，淹死了。"在这一叙述中，鲁迅有一个特别的提示，"他又成了革命前的爱农"，强调范爱农的精神立场和精神处境与革命之前仍有内在的一致性，但另一方面作者在叙述时又连续用了两个"愈"，突出范爱农在物质与精神方面更加的困苦。这种革命之后知识分子日益严重的困苦，鲁迅在其小说《在酒楼上》《孤独者》《故乡》《祝福》之中均有深刻的揭示，在关于俄国十月革命前与后的知识分子选择、出路与命运的杂文论述之中，也有深刻的阐释。可以说，范爱农的困苦，是一个时代之困苦的缩影，范爱农之死，是一个时代的精神之死。文本能获得如此强烈的表现力，显然得益于鲁迅在叙述之中把自己的经历和体验深刻地投注其中。因此可以说，范爱农是鲁迅精神家族的同胞兄弟，是鲁迅的第二"自我"。

（二）镌刻的时光

　　《阿长与〈山海经〉》《藤野先生》和《范爱农》三文，叙事的目的在于写人，三篇散文在写人方面各具特色。与此不同，《五猖会》《从百草园到三味书屋》《父亲的病》《琐记》四篇散文，则重在叙事，当然，其间也写到人物，如"我"的父亲、书塾先生、衍太太、S 城名医等，但都不是叙述的重点之所在。仅就叙事而言，若仔细分析，则会发现，这四篇散文的叙事方式、叙事角度和叙事结构也颇有差异，这充分体现了鲁迅高超的叙述才能。

　　《五猖会》一文，鲁迅回忆了自己在童年时代的一次尴尬而又困惑的经历。这篇散文初看起来，叙述重点应该放在关于"五猖会"方面，但是，鲁迅并没有顺从读者的这种预期，文本中关于五猖会的叙述是简略而快速的。文本的前半部分，在叙述之中尽力保持着一个基调，那就是孩子们对五猖会的欢快而期盼的心情，其目的是在结构上为后文情感的转折埋下伏笔。文本叙述的重点则放在转折的关口：当"我"正在为即将去东关看五猖会而兴高采烈之际，父亲却有了一个出乎意料的举动。文中写道："要到东关看五猖会去了。这是我儿时所罕逢的一件盛事。""因为东关离城远，大清早大家就起来。昨夜预定好的三道明瓦窗的大船，已经泊在河埠头，船椅、饭菜、茶炊、点心盒子，都在陆续搬下去了。我笑着跳着，催他们要搬得快。忽然，工人的脸色很谨肃了，我知道有些蹊跷，四面一看，父亲就站在我背后。""'去拿你的书来。'他慢慢地说……我忐忑着，拿了书来了。他使我同坐在堂中央的桌子前，教我一句一句地读下去。我担着心，一句一句地读下去。两句一行，大约读了二三十行罢，他说：'给我读熟。背不出，就不准去看会。'他说完，便站起来，走进房里去了。我似乎从头上浇了一盆冷水。但是，有什么法子呢？自然是读着，读着，强记着，——而且要背出来。"这样的时刻，让"我"终生难忘。值得注意的是，这里的叙述非常之翔实：船、船椅、饭菜、茶炊、点心等等，一应俱全，足见此行之隆重，然而，越是这种叙述的渲染，就越为文本接下来的情感逆转增加一层叙述张力。且看作者又是如何叙述接下来的情感变化："我"先是从"蹊跷"变成"忐忑着"，而后是"担着心"，最后是"似乎从头上浇了一盆冷水"，人物的心理经历着从疑惑到紧张再到绝望的过程，这一过程仿佛是一步一步地逼近人物的心坎。然而，在这里的叙述之中，作者对父亲的刻画始终只停留在简要的几句言语上，读者根本无法看到此时父亲的神态和心理活动，但是，对父亲的叙述越是如此的简洁，读者却越能感受到父亲此时的威严，也越能感受到"我"此时的紧张。这种对潜在的心理落差的巧妙设置，更增加文本叙述的张力和饱和度。

《从百草园到三味书屋》是一篇脍炙人口的名文，一段童年的快乐时光随着鲁迅的回忆而熠熠生辉。与《五猖会》强调自己难以忘怀的一段磨难不同，《从百草园到三味书屋》始终洋溢着轻松、活泼和童趣的氛围。作者并没有刻意去营造这种氛围，而是娓娓道来，在轻松的笔调之中，时光仿佛在倒流。与《五猖会》有意在叙述之中设置心理落差不同，《从百草园到三味书屋》则淡化叙述的戏剧性和冲突结构，让叙述沿着线性的进程缓缓展开，就像一个人在不知不觉之中慢慢成长、快乐或者痛苦，有的依然记得，有的早已随风飘散，其间没有遗憾，也没有痛惜，只有一个个或深或浅的印痕镌刻着时光悄悄流逝的足迹。但是，在《从百草园到三味书屋》看似平淡的叙述之中，也隐含着隽永的意味，这种意味是随着文本叙述的徐徐展开而渐渐浮现出来，就如一颗含在口中的青橄榄。

且让我从文本的开头说起："我家的后面有一个很大的园，相传叫作百草园……不必说碧绿的菜畦，光滑的石井栏，高大的皂荚树，紫红的桑椹；也不必说鸣蝉在树叶里长吟，肥胖的黄蜂伏在菜花上，轻捷的叫天子(云雀)忽然从草间直窜向云霄里去了。单是周围的短短的泥墙根一带，就有无限趣味。油蛉在这里低唱，蟋蟀们在这里弹琴。翻开断砖来，有时会遇见蜈蚣；还有斑蝥，倘若用手指按住它的脊梁，便会拍的一声，从后窍喷出一阵烟雾。何首乌藤和木莲藤缠络着，木莲有莲房一般的果实，何首乌有拥肿的根。有人说，何首乌根是有像人形的，吃了便可以成仙，我于是常常拔它起来，牵连不断地拔起来，也曾因此弄坏了泥墙，却从来没有见过有一块根像人样。如果不怕刺，还可以摘到覆盆子，像小珊瑚珠攒成的小球，又酸又甜，色味都比桑椹要好得远。"如此的叙述，真是精彩至极，毫不夸张地说，仅仅举出这一例，就足以证明现代散文风格的"幽默、雍容、漂亮、缜密"。叙述之中不仅充分展示了鲁迅丰富的自然知识和对自然细致的观察力，而且也充分展示了鲁迅独特的语言表现力：既准确地写出了百草园中不同动植物的形态、特征，还能让它们各具特性、各有风姿。

　　同时，为了展示百草园中童趣的多样性，作者还有意选择冬季时的百草园来加以描绘："冬天的百草园比较的无味；雪一下，可就两样了。拍雪人（将自己的全形印在雪上）和塑雪罗汉需要人们鉴赏，这是荒园，人迹罕至，所以不相宜，只好来捕鸟。薄薄的雪，是不行的；总须积雪盖了地面一两天，鸟雀们久已无处觅食的时候才好。扫开一块雪，露出地面，用一枝短棒支起一面大的竹筛来，下面撒些秕谷，棒上系一条长绳，人远远地牵着，看鸟雀下来啄食，走到竹筛底下的时候，将绳子一拉，便罩住了。但所得的是麻雀居多，也有白颊的'张飞鸟'，性子很躁，养不过夜的。"与前面对百草园动植物的细致描绘不同，作者在这里突出冬季时分百草园的另一番景象：尽管已成为人迹罕至的荒园，但童年的"我"仍然能在雪天从"无味"之中找到属于自己的乐趣——捕鸟。文本对捕鸟的过程有一个非常细致的描述，从中可以看出鲁迅对这一活动之记忆的鲜活感，也使得这一场景充满着电影特写镜头的画面感。总之，文本虽然仅有两处写到百草园，但又各有不同的侧重点，展现了童趣的不同方面，使得文本的叙述显得摇曳多姿、各呈异彩。

　　"从百草园到三味书屋"，按理说，文本对如何"到"、为什么要"到"，应有详细叙述，但是，作者对此只是一笔带过，并没有详加叙述，这样就在无形之中加快了叙述节奏，相应的，也增强了文本连续性的画面感。对百草园的描写，作者重在外部生态，而对三味书屋的描写，则主要借助人物来映衬。这种在叙述方面有意识的差别，使文本的叙述方式、叙述风格有了多样性的展示。且看作者是如何描绘三味书屋及其学习生活："出门向东，不上半里，走过一道石桥，便是我的先生的家了"，"他是一个高而瘦的老人，须发都花白了，还戴着大眼镜。我对他很恭敬，因为我早听到，他是本城中极方正，质朴，博学的人"。"先生读书入神的时候，于我们是很相宜的。有几个便用纸糊的盔甲套在指甲上做戏。我是画画儿，用一种叫作'荆川纸'的，蒙在小说的绣像上一个个描下来，像习字时候的影写一样。读的书多起来，画的画也多起来；书没有读成，画的成绩却不少了。"对于三味书屋的读书生活，可写的方面很多，可选择的写法也很多，但鲁迅有意选择一种从侧面写来的方法。从侧面写来的方法在中国古文写作传统中则是十分常见，这种写法一般不正面描写所要叙述的重点，而是通过对与此有关的人物及其活动的叙述，来映衬所要叙述的重点之所在。关于三味书屋的叙述，鲁迅就借鉴了这一写法，生动地再现这一段读书生活中几件记忆犹新的事：一是，当"我"问先生"怪哉"这虫怎么一回事时，他似乎很不高兴，脸上还有怒色。然而，先生为什么不高兴呢？童年的"我"不得而知，当"我"重新忆起此事时，对先生不高兴的原因，或许能略加推测，但也仅仅止于推测而已。二是，先生读书时陶醉的情形："读到这里，他总是微笑起来，而且将头仰起，摇着，向后面拗过去，拗过去。"通过如此极富画面感的描写，一个私塾老先生迂执而又可笑的神态，跃然纸上。

　　鲁迅在《呐喊·自序》中曾写过这样的一段话："有谁从小康人家而坠入困顿的么，我以为在这途路中，大概可以看见世人的真面目。"①"父亲的病"显然是这途中一个关键的事件。对这一事件的记忆，也是鲁迅心灵的一个痛苦的纠结点。他曾说道："我有四年多，曾经常常，——几乎是每天，出入于质铺和药店里，年纪可是忘却了，总之是药店的柜台正和我一样高，质铺的是比我高一倍，我从一倍高的柜台外送上衣服或首饰去，在侮蔑里接了钱，再到一样高的柜台上给我久病的父亲去买药。回家之后，又须忙别的事了，因为开方的医生是最有名的，以此所用的药引也奇特：冬天的芦根，经霜三年的甘蔗，蟋蟀要原对的，结子的平地木，……多不是容易办到的东西。然而我的父亲终于日重一日的亡故了。"②柜台和质铺的高度、别人侮蔑的眼神，至今想起仍然刻骨铭心，可见这一番磨难在鲁迅心灵上所烙下的创伤印痕是多么的难以抚平，以至于"病"与"药"成为鲁迅创作中一个具有原型意义的母题：从躯体之伤痛扩展深化到对精神之伤痛的省思。值得注意的是，在小说和杂文中，鲁迅关于痛与病的叙述，字里行间总是流淌着一种悲伤乃至愤激的情绪，总是直接强调疾病体验对身心、人格与思想成长的复杂影响，但在《父亲的病》中，鲁迅则选择了一种看似轻松的喜剧性的笔法。然而，文本的叙述之中越是洋溢着喜剧性，读者却越感到一种沉重的悲剧性，越能品味出一种浓郁的悲伤与失望，文本内在的这种巨大的审美情感的落差，正是这篇散文叙述的关键之所在。这种叙述方式在写于此前的小说《阿Q正传》中，鲁迅对此已有淋漓尽致的发挥。当然，由于《父亲的病》触及自己的"至亲至痛"，因此，这种喜剧性的叙述方式必然会有所克制，且看下列的叙述过程，作者先是叙述如何请来S城中所谓的"名医"：

"我曾经和这名医周旋过两整年，因为他隔日一回，来诊我

①②　鲁迅：《鲁迅全集》(第一卷)，北京：人民文学出版社，2005年，第437页。

的父亲的病。那时虽然已经很有名，但还不至于阔得这样不耐烦；可是诊金却已经是一元四角。现在的都市上，诊金一次十元并不算奇，可是那时是一元四角已是巨款，很不容易张罗的了；又何况是隔日一次。他大概的确有些特别，据舆论说，用药就与众不同。我不知道药品，所觉得的，就是'药引'的难得，新方一换，就得忙一大场。先买药，再寻药引。'生姜'两片，竹叶十片去尖，他是不用的了。起码是芦根，须到河边去掘；一到经霜三年的甘蔗，便至少也得搜寻两三天。可是说也奇怪，大约后来总没有购求不到的。"和《呐喊·自序》中的有关叙述相比，这里的叙述更加详细，也更有意突出这位名医在"药引"方面的与众不同，越是写出其"与众不同"，就越能造成一种心理假象：这位"名医"的医术越高明，也就越能增加亲人对治愈父亲的期待。然而，实际的治疗效果却恰恰相反，这就造成期待的落空，从而产生了一种深刻的喜剧感。"这样有两年，渐渐地熟识，几乎是朋友了。父亲的水肿是逐日利害，将要不能起床；我对于经霜三年的甘蔗之流也逐渐失了信仰，采办药引似乎再没有先前一般踊跃了。"这是"我"在父亲生病过程中与 S 城的所谓"名医"第一回合的交往。

虽然，"我"对那些"药引"逐渐失去信仰，但还没有滑入无望的深渊。而接着，请到的是另一位"名医"，其药引之莫名其妙有过之而无不及，关于这次交往的叙述，鲁迅有意放松先前的克制，渐渐地对喜剧性笔法有所张扬："陈莲河的诊金也是一元四角。但前回的名医的脸是圆而胖的，他却长而胖了：这一点颇不同。还有用药也不同，前回的名医是一个人还可以办的，这一回却是一个人有些办不妥帖了，因为他一张药方上，总兼有一种特别的丸散和一种奇特的药引。芦根和经霜三年的甘蔗，他就从来没有用过。最平常的是'蟋蟀一对'，旁注小字道：'要原配，即本在一窠中者。'似乎昆虫也要贞节，续弦或再醮，连做药资格也丧失了。但这差使在我并不为难，走进百草园，十对也容易得，将它们用线一缚，活活地掷入沸汤中完事。然而还有'平地木十株'呢，这可谁也不知道是什么东西了，问药店，问乡下人，问卖草药的，问老年人，问读书人，问木匠，都只是摇摇头，临末才记起了那远房的叔祖，爱种一点花木的老人，跑去一问，他果然知道。"文本紧紧抓住这位"名医"的"药引"之奇特，并对这种"奇特"进行有意的张扬，其目的是造成一种落差：药引越是奇特，越让人期待有独特的药效，然而，父亲的病还是终于没有办法挽救了。文本的情感至此从无望落入了绝望之中。用这种喜剧性的笔法写出这种绝望的心境，这需要一种多么高超的叙述技巧。细心的读者会发现，在《父亲的病》中，作者很少用笔去触及在父亲生病与治病期间，"我"和家人的内心世界。但是，读者在作者关于寻找药引的叙述之中，仍能读出"我"和家人的焦虑与期盼。如，文中一连串的"问药店，问……"就婉转地暗示着内心的焦虑与慌乱。借助一连串动作描写来衬托人物的内心世界，这一写法不仅在这篇散文中有精彩的体现，而且在《肥皂》《离婚》等小说中已有"圆熟"与"深切"的展示。①

　　无论是《五猖会》《从百草园到三味书屋》，还是《父亲的病》，鲁迅对回忆的叙述都相对集中在若干有限的人与事之上，叙述技巧的关键在于通过对叙述视角和叙述节奏进行有效调控，形成有效聚焦，从而使这些有限的"人"与"事"能够鲜明而生动地浮现出来。然而，在《琐记》一文中，作者对回忆的叙述，由于时空的跨度更大了，因此，对叙述技巧的要求也更复杂了。

---

①　鲁迅：《鲁迅全集》(第六卷)，北京：人民文学出版社，2005年，第238页。

首先，如何做到"琐记"不"琐"，是这篇散文的第一重挑战。为此，作者有意选取若干片段来写，并且这些片段都是处在自己成长历程关键性的转折点。如，文本对"我"为何要离开 S 城的叙述：由于我"听到一种流言，说我已经偷了家里的东西去变卖了，这实在使我觉得有如掉在冷水里"。"S 城人的脸早经看熟，如此而已，连心肝也似乎有些了然。总得寻别一类人们去，去寻为 S 城人所诟病的人们，无论其为畜生或魔鬼。"同样是这一经历，《呐喊·自序》的叙述则相当的简略："我要到 N 进 K 学堂去了，仿佛是想走异路，逃异地，去寻求别样的人们。"①叙述的重点也有所不同，《琐记》更强调"离开"的原因及其心情，从而显得具体而又深切。

　　"记"是一种最常见的文体之一，也正是因为其文体之"熟"，相应的，文体之"匠气"与"板滞"的危机也容易发作，因此，如何做到"记"而不枯燥、不呆板，是这篇散文的第二重挑战。为此，作者通过有意渲染一些似乎无关紧要的"小事"，从而高度智慧地把笔致放在环境与氛围的描写上，借此营造出一系列独特的记忆氛围，使"琐记"之中充满着时代真实感与历史逼真性。如，"我"对学校的记忆，除了"桅杆"之外，就是早已填平的游泳池了。作者是这样描写的："原先还有一个池，给学生学游泳的，这里面却淹死了两个年幼的学生。当我进去时，早填平了，不但填平，上面还造了一所小小的关帝庙。庙旁是一座焚化字纸的砖炉，炉口上方横写着四个大字道：'敬惜字纸'。只可惜那两个淹死鬼失了池子，难讨替代，总在左近徘徊，虽然已有'伏魔大帝关圣帝君'镇压着。办学的人大概是好心肠的，所以每年七月十五，总请一群和尚到雨天操场来放焰口，一

―――――――――

　　① 鲁迅：《鲁迅全集》(第一卷)，北京：人民文学出版社，2005 年，第 437 页。

个红鼻而胖的大和尚戴上毗卢帽，捏诀，念咒：'回资啰，普弥耶吽！唵耶吽！唵！耶！吽！！！'"这就是19世纪末中国所谓新式学堂的缩影，表面上是新学新气象，骨子里仍是古旧与迷信的。历史的气氛在鲁迅关于和尚如何做道场的充满幽默的叙述之中，不仅变得真切可感，而且在悄然之间所有关于这段历史的宏大叙事都被解构了，展现为"草根中的历史""民间中的历史"。当然，这样的气氛对一位有志于追求新学的知识分子来说，"总觉得不大合适，可是无法形容出这不合适来。现在是发见了大致相近的字眼了，'乌烟瘴气'，庶几乎其可也。只得走开"，"于是毫无问题，去考矿路学堂去了"。

如何在对"琐记"的叙述之中，不忘却"我"的主体性存在，是这篇散文的第三重挑战。只有始终记住"我"的主体性存在，才能在"琐记"之中抓住一条回忆的主线，从而形成叙述的主脉。关于这一点，在《琐记》之中，作者不断强调"我"在环境变化下所作的不同选择，不断突出"我"在新环境下所获得的新体会，目的都是为了突显"我"的存在。如，叙述"我"对"新学"的阅读："看新书的风气便流行起来，我也知道了中国有一部书叫《天演论》。星期日跑到城南去买了来，白纸石印的一厚本，价五百文正。翻开一看，是写得很好的字，开首便道：'赫胥黎独处一室之中……'哦！原来世界上竟还有一个赫胥黎坐在书房里那么想，而且想得那么新鲜？一口气读下去，'物竞''天择'也出来了，苏格拉第，柏拉图也出来了，斯多噶也出来了。"尽管有长辈的反对，但"仍然自己不觉得有什么'不对'，一有闲空，就照例地吃侉饼，花生米，辣椒，看《天演论》"。"我"的感受在叙述之中仍然那么新鲜、亲切，这种独特的在场感，生动地再现了那段历史氛围。《琐记》回忆的是自己的一段经历，然而透过一个人的经历，折射的是一段宏阔的历史。在《琐记》之中，只要记忆在场，"我"就一定在场，随之我们就能听到历史渐行渐近的足音。

（三）"现在"与"过去"的交错

《朝花夕拾》中写人叙事的篇章，较少地杂入对现实社会的批判，以上的分析充分说明这一点。然而，《狗·猫·鼠》《二十四孝图》这两篇散文则不同，在这两篇文本中，有关回忆均是由于现实而激发，因此，这两篇散文对回忆的叙述，必然存在两重叙述视角、两种叙述语调。叙述的挑战性就在于，在文本之中，鲁迅必须做到这两重叙述视角之间的转换是自然的，而不是相互割裂；这两种叙述语调的衔接是顺畅的，而不是突兀的。这一叙述的挑战性也是我要分析的关键之所在。

先来看一看《狗·猫·鼠》一文，鲁迅在这篇散文中回忆了在童年时代对"隐鼠"的喜爱："这类小鼠大抵在地上走动，只有拇指那么大，也不很畏惧人，我们那里叫它'隐鼠'，与专住在屋上的伟大者是两种。我的床前就帖着两张花纸，一是'八戒招赘'，满纸长嘴大耳，我以为不甚雅观；别的一张'老鼠成亲'却可爱，自新郎新妇以至傧相，宾客，执事，没有一个不是尖腮细腿，像煞读书人的，但穿的都是红衫绿裤。我想，能举办这样大仪式的，一定只有我所喜欢的那些隐鼠……但那时的想看'老鼠成亲'的仪式，却极其神往……正月十四的夜，是我不肯轻易便睡，等候它们的仪仗从床下出来的夜。然而仍然只看见几个光着身子的隐鼠在地面游行，不像正在办着喜事。直到我熬不住了，快快睡去，一睁眼却已经天明，到了灯节了。"事实上，作者在如此满怀深情地回忆起童年时代对隐鼠的喜爱之前，已经用了很多的笔墨叙述自己为什么仇猫，那是因为猫对强者的媚态，对弱者的凶残。在字里行间影射的是当时鲁迅正与之论战的"现代评论派"的"正人君子"们。审美接受中，读者之所以会产生这样的阅读反应，主要是由于鲁迅在叙述之中很巧妙地引述"正人君子"们当下的一些言论，这看似断章取义，却又顺理成章；看似莫名其妙，却又浑然天成。比如，在文中有这样的一段话："虫蛆也许是不干净的，但它们并没有自鸣清高；鸷禽猛兽以较弱的动物为饵，不妨说是凶残的罢，但它们从来就没有竖过'公理''正义'的旗子，使牺牲者直到被吃的时候为止，还是一味佩服赞叹它们。"这里所指涉的"公理""正义"是陈西滢等人最常用的字眼，甚至在 1925 年 11 月北京女子师范大学复校后，陈西滢等人还在宴会席上组织所谓的"教育界公理维持会"，支持北洋政府迫害学生和教育界进步人士，鲁迅在杂文《"公理"的把戏》中对此则有全面的揭露。[①] 但是，从文体的内在规定性来看，如果让类似的现实指涉在文本中无限制地扩展，那么，《狗·猫·鼠》在文体上就会蜕变成为一篇杂文。这时，鲁迅就必须从此前叙述的信马由缰转而赶紧抓住辔头，实现从"现实"回望"过去"，在这转换的节点上，作者巧妙地写下这样一段话："但是，这都是近时的话。再一回忆，我的仇猫却远在能够说出这些理由之前，也许是还在十岁上下的时候了。至今还分明记得，那原因是极其简单的：只因为它吃老鼠，——吃了我饲养着的可爱的小小的隐鼠。"从叙述结构的功能上看，这段话真正起到起承转合的作用，使文本顺畅地完成从"现在"折向"过去"，从今天的"我"向过去的"我"的过渡。

文本接下来就沿着有关"隐鼠"的视角而展开，叙述自己如何最终如愿以偿了："有一回，我就听得一间空屋里有着这种'数钱'的声音，推门进去，一条蛇伏在横梁上，看地上，躺着

---

① 吴中杰：《鲁迅传》，上海：复旦大学出版社，2008 年，第 207 页。

一匹隐鼠，口角流血，但两胁还是一起一落的。取来给躺在一个纸盒子里，大半天，竟醒过来了，渐渐地能够饮食，行走，到第二日，似乎就复了原，但是不逃走。放在地上，也时时跑到人面前来，而且缘腿而上，一直爬到膝髁。给放在饭桌上，便检吃些菜渣，舐舐碗沿；放在我的书桌上，则从容地游行，看见砚台便舐吃了研着的墨汁。这使我非常惊喜了。我听父亲说过的，中国有一种墨猴，只有拇指一般大，全身的毛是漆黑而且发亮的。它睡在笔筒里，一听到磨墨，便跳出来，等着，等到人写完字，套上笔，就舐尽了砚上的余墨，仍旧跳进笔筒里去了。我就极愿意有这样的一个墨猴，可是得不到……'慰情聊胜无'，这隐鼠总可以算是我的墨猴了罢，虽然它舐吃墨汁，并不一定肯等到我写完字。"劫后余生的隐鼠在作者的叙述之中显得活灵活现，生趣盎然。这里的叙述视角与叙述语调均保持在童年的记忆图景之中，这就是《狗·猫·鼠》在现实激发下所忆起的童年经验之一。必须看到的是，这篇散文正是在现实的种种言论和处境的刺激之下起笔的，因此，在叙述之中必然潜存着一个现实性的召唤结构与意义指向，这样就使得文本的叙述视角不得不频繁地往返于过去与现实之间。"童年的经验"也就在视角的不断过渡与转换之中，渐渐地成长、成熟，犹如一颗种子在岁月雨水的浸润之下，在吸足水分之后，慢慢地膨胀、苏醒，而后开始萌发抽芽。

当"我"叙述到隐鼠被踏死之后，叙述的视角与语调又自然地回到"现在"："这确是先前所没有料想到的。现在我已经记不清当时是怎样一个感想，但和猫的感情却终于没有融和；到了北京，还因为它伤害了兔的儿女们，便旧隙夹新嫌，使出更辣的辣手。'仇猫'的话柄，也从此传扬开来。"这在结构上巧妙地照应了文章的开头，作者所要表达的批判性的情感也在看似平和的语调之中悄然地荡漾开来。

　　如果说《狗·猫·鼠》叙述的智慧在于作者通过叙述视角和叙述语调的调控技巧，很自然地完成从现实情境回望童年经验，再从童年经验回到现实情境的过渡与转换，那么，对于《〈二十四孝图〉》来说，如何处理"过去"的叙述立场与"今天"的叙述立场之间的联系与差异，则是至关重要的。《二十四孝图》是"我"在童年时代的阅读物之一，那么，在童年时阅读《二十四孝图》的经验与感受是什么呢？这种经验与感受在"我"今天的内心世界留下什么样的印象呢？其中的联系与差异又是怎样呢？今天的"我"对此又是如何评判呢？"过去"的我与"今天"的我，就在这些疑问之中相互缠绕。因此，如何将"他们"有序地解开与联结，确实需要作者的心灵手巧。

　　且看作者在这里所展现的不凡身手。文本一开始就用了很长的篇幅来鞭挞所谓的"反对白话，妨害白话"者，而后才转入对有关《二十四孝图》的叙述："这虽然不过薄薄的一本书，但是下图上说，鬼少人多，又为我一人所独有，使我高兴极了。那里面的故事，似乎是谁都知道的；便是不识字的人，例如阿长，也只要一看图画便能够滔滔地讲出这一段的事迹。但是，我于高兴之余，接着就是扫兴，因为我请人讲完了二十四个故事之后，才知道'孝'有如此之难，对于先前痴心妄想，想做孝子的计划，完全绝望了。"这里的叙述，强调的是"我"在童年时阅读《二十四孝图》的整体感受，叙述立场控制在童年的"我"的经验感受上。

　　为了使这种叙述立场更加明确，作者进而集中选择了自己阅读"老莱娱亲"与"郭巨埋儿"两幅图时的经验与体会，这样就把叙述立场从整体性向个体化聚焦。在《二十四孝图》中，"其中最使我不解，甚至于发生反感的，是'老莱娱亲'和'郭巨埋儿'两件事"。"我至今还记得，一个躺在父母跟前的老头子，一个抱在母亲手上的小孩子，是怎样地使我发生不同的感想呵。他们一手都拿着'摇咕咚'。这玩意儿确是可爱的……然而这东西是不该拿在老莱子手里的，他应该扶一枝拐杖。现在这模样，简直是装佯，侮辱了孩子。我没有再看第二回，一到这一叶，便急速地翻过去了。"只要细心阅读，读者就会发现，在这段叙述之中交错着两个立场，一是"我至今还记得"，这显然指的是童年经验；二是"然而……现在这模样，简直是装佯，侮辱了孩子"，这显然是成人的判断。这两种叙述立场的过渡，此处只用"然而"就完成了。但是，对于"郭巨埋儿"的叙述，显然要复杂得多，其中尤为典型的是，作者运用了"佯谬法"，即表面上是故作不解，实际上是一目了然。文本是这样叙述的："至于玩着'摇咕咚'的郭巨的儿子，却实在值得同情。他被抱在他母亲的臂膊上，高高兴兴地笑着；他的父亲却正在掘窟窿，要将他埋掉了……我最初实在替这孩子捏一把汗，待到掘出黄金一釜，这才觉得轻松。然而我已经不但自己不敢再想做孝子，并且怕我父亲去做孝子了。家境正在坏下去，常听到父母愁柴米；祖母又老了，倘使我的父亲竟学了郭巨，那么，该埋的不正是我么？如果一丝不走样，也掘出一釜黄金来，那自然是如天之福，但是，那时我虽然年纪小，似乎也明白天下未必有这样的巧事。"借助"佯谬"，作者细致入微地刻画了"我"在童年阅读"郭巨埋儿"故事时的心理活动：先是"捏一把汗"，而后"才觉得轻松"，然而一想到自己的家境则又感到恐惧，一波三折地写出儿童由于对人情世故还十分不解而产生的充满困惑与忧惧的心理变化过程。接着，作者又很自然地过渡到"现在"的立场："现在想起来，实在很觉得傻气。这是因为现在已经知道了这些老玩意，本来谁也不实行。"这是"我"久经历练、洞悉世故之后的自嘲与解脱，也让读者会心一笑。

（四）黑暗之舞

在《朝花夕拾》中，《无常》是一个异数，也是一篇奇文。如果非要在《朝花夕拾》之中选择一篇"经典中的经典"，我会毫不犹豫地选择《无常》。这篇散文与《女吊》，堪称鲁迅散文的双璧。无论是构思的奇妙、叙述的奇崛，还是想象的奇幻，《无常》均有无可超越的独到之处。

先来看构思的奇妙。《无常》一文中始终存在着双重结构：生/死、阳间/阴间、冤抑/反抗、可怖/可爱、鬼/人，这种双重结构的存在，一方面使得关于无常的叙述有着很明确的现实指向，另一方面也让文本从阴郁可怖的氛围之中，透露出一股生命与反抗的乐趣。

无常是鲁迅故乡的民间迎神赛会上的一个特别的角色，对于无常，在文本中作者是把"他"放在不同的语境加以展示，这充分体现了这篇散文叙述的奇崛。先是迎神赛会上的无常："至于我们——我相信：我和许多人——所最愿意看的，却在活无常。他不但活泼而诙谐，单是那浑身雪白这一点，在红红绿绿中就有'鹤立鸡群'之概。只要望见一顶白纸的高帽子和他手里的破芭蕉扇的影子，大家就都有些紧张，而且高兴起来了。"然后是城隍庙或东岳庙里的无常："城隍庙或东岳庙中，大殿后面就有一间暗室……在才可辨色的昏暗中，塑着各种鬼……而一进门口所看见的长而白的东西就是他。"接着，则是《玉历钞传》上的无常："身上穿的是斩衰凶服，腰间束的是草绳，脚穿草鞋，项挂纸锭；手上是破芭蕉扇，铁索，算盘；肩膀是耸起的，头发却披下来；眉眼的外梢都向下，像一个'八'字。头上一顶长方帽，下大顶小，按比例一算，该有二尺来高罢；在正面……直写着四个字道：'一见有喜'。"最后是目连戏中的无常："不过这惩罚，却给了我们的活无常以不可磨灭的冤苦的印象，一提起，就使他更加蹙紧双眉，捏定破芭蕉扇，脸向着地，鸭子浮水似的跳舞起来。"这四个不同语境中的无常形象有着不同的特征：或可爱，或可怖，或洒脱，或冤苦。

最后，再来看一看这篇散文想象的奇幻，这一特点在作者叙述目连戏的戏台上的无常时体现得最为充分："在许多人期待着恶人的没落的凝望中，他出来了，服饰比画上还简单，不拿铁索，也不带算盘，就是雪白的一条莽汉，粉面朱唇，眉黑如漆，蹙着，不知道是在笑还是在哭。但他一出台就须打一百零八个嚏，同时也放一百零八个屁，这才自述他的履历。""我至今还确凿记得，在故乡时候，和'下等人'一同，常常这样高兴地正视过这鬼而人，理而情，可怖而可爱的无常；而且欣赏他脸上的哭或笑，口头的硬语与谐谈……"在这个想象的世界中，作者彰显了无常人性与人情的一面，而去掉了阴森恐怖的另一面。从此，无常从黑暗的魂灵之舞，升华成一个亲切、可爱的文学经典形象，就像女吊那样。此后，这两个鬼魂成为"比一切鬼魂更美、更强的鬼魂"。

茅盾曾说："在中国新文坛上，鲁迅君常常是创造'新形式'的先锋；《呐喊》里的十多篇小说几乎一篇有一篇新形式。"①综上所述，我认为，这一评价若移用到《朝花夕拾》上来，也是颇为贴切的。

---

① 雁冰：《读〈呐喊〉》，《时事新报·学灯》，1923 年，第 91 期。

二、悲欣交集

——《朝花夕拾》的情感结构

三月的泉州，柔细的刺桐花絮满城飘飞。在这个季节，日暮时分，有一次我登上清源山，在途中，看到岩石上刻着弘一法师的一行字：悲欣交集。苍劲的线条之中透露悲凉、洒脱，刹那间，我的内心有一种说不出的感慨。四近是渐渐黯淡的雾霭，连绵的清源山像一只疲惫蹒跚的怪兽，在雾霭之中隐隐约约。春雨渐渐下得淅淅沥沥，行人也渐渐稀少下来，独自一人，在这行文字面前，我伫立了很久，我知道，这是弘一法师的绝笔，他把一生的悲欢离合、把对生命的眷恋与洞悉、把人性的羁绊与洒脱、把今生与来世、把恐惧与超然，都淋漓尽致地挥洒在这四个字的书写之中。

线条尚且如此，何况文字。古往今来，无论是自传，还是回忆录乃至自传体文学，其中最重要同时也最复杂的主人公，无疑是"自我"。然而，自我在不同文本之中有不同的存在方式：或深藏不露，或飘忽不定，或乔装打扮，或跃然纸上。比如，茨威格在《昨日的世界》里就宣称，讲述自己就是讲述一个时代，他说道："我从未把我个人看得如此重要，以致醉心于非把自己的生平历史向旁人讲述不可。只是因为在我鼓起勇气开始写这本以我为主角——或者确切地说以我为中心的书以前，所曾发生过的许许多多事，远远超过以往一代人所经历过的事件、灾难和考验。我之所以让自己站到前边，只是作为一个幻灯报告的解说员；是时代提供了画面，我无非是为这些画面作些解释，因此我所讲述的根本不是我的遭遇，而是我们当时整整一代人的遭遇。"①或许茨威格有些谦虚吧！在《昨日的世界》中，我们分明看到了20世纪前半叶一个欧洲犹太知识分子的理想、激情与挫折；在一个剧烈变动的时代中，一个人文知识分子肩负着困惑与悲伤而渐渐远去的背影。赫尔岑或许更有俄国知识分子的坦率，所以他在《往事与随想》中明确宣称自己的写作更关注"自我"的内心，他说道："本书与其名为见闻录，不如说是自白书。正因为这个缘故，来自往事的片段回忆与出自内心的随想，交替出现，混杂难分。"②然而，即使在自己的回忆之中，"自我"真的能言听计从，万般驯服吗？显然不是的。君特·格拉斯在其自传《剥洋葱》中就说："回忆像孩子一样，也爱玩捉迷藏的游戏。它会躲藏起来。它爱献媚奉承，爱梳妆打扮，而且常常并非迫不得已。它与记忆相悖，与举止迂腐、老爱争个是非曲直的记忆相悖。你若是缠着它，向它提问，回忆就像一颗要剥皮的洋葱。"③的确如此，洋葱每剥一层，似乎离"核心"更进一层。但是，剥着剥着，你会发现，最后的"核心"是没有的，每层都可能是"核心"："第一层洋葱皮是干巴巴的，一碰就沙沙作响。下面一层刚剥开，便露出湿漉漉的第三层，接着就是第四层第五层在窃窃私语，等待上场。每一层洋葱皮都出汗似的渗出长期回避的词

---

① [奥]斯蒂芬·茨威格：《昨日的世界——一个欧洲人的回忆》，舒昌善、孙龙生、刘春华等译，北京：生活·读书·新知三联书店，1991年，第1页。

② [俄]赫尔岑：《往事与随想》，项星耀译，北京：人民文学出版社，1993年，第1页。

③ [德]君特·格拉斯：《剥洋葱》，魏育青、王滨滨、吴裕康译，南京：译林出版社，2008年，第4页。

语……层层何其多，剥掉重又生。"①

　　君特·格拉斯在面对回忆之时的感慨与无奈，鲁迅在《朝花夕拾·小引》中也有相似的说法："我常想在纷扰中寻出一点闲静来，然而委实不容易。目前是这么离奇，心里是这么芜杂……带露折花，色香自然要好得多，但是我不能够。便是现在心目中的离奇和芜杂，我也还不能使他即刻幻化，转成离奇和芜杂的文章。或者，他日仰看流云时，会在我的眼前一闪烁罢。"②正是这样的两难困境，使得每一次的回忆都需要连接"今天"与"昨天"的桥梁。正如萨义德在自传《格格不入》中所说的那样："写这本回忆录的主要理由，当然还是我今日生活的时空与我昔日生活的时空相距太远，需要连接的桥梁……这距离的结果之一，是在我重建一个遥远的时空与经验时，态度与语调上带着某种超脱与反讽。"③那么，鲁迅在《朝花夕拾》中所找到的连接"今日"与"昨日"的桥梁是什么呢？我认为，就是流露在文本之中渐渐成长变化、渐渐变得清晰可鉴的自我情感。正是自我情感的作用，才使得记忆中的人与事从沉默之中浮现出来，变得熠熠生辉。反过来说，也正是有了这些记忆中的人与事，才使得自我情感有所附着，变得日益成熟与饱满，就如米（记忆）在釉（自我情感）的作用下发酵成酒。鲁迅就曾表述过相似的心情："我靠了石栏远眺，听得自己的心音，四远还仿佛有无量悲哀，苦恼，零落，死灭，都杂入这寂静中，使它变成药酒，加色，加味，加

---

　　① [德]君特·格拉斯：《剥洋葱》，魏育青、王滨滨、吴裕康译，南京：译林出版社，2008年，第5页。

　　② 鲁迅：《鲁迅全集》（第二卷），北京：人民文学出版社，2005年，第235页。

　　③ [美]爱德华·W.萨义德：《格格不入：萨义德回忆录》，彭淮栋译，北京：生活·读书·新知三联书店，2004年，第5页。

香。"①那么，在《朝花夕拾》之中，鲁迅究竟表达了怎样不同的自我情感呢？这些不同的自我情感在不同的文本中又有着怎样不同的表达方式呢？在审美创造中，作家的所感与所忆又是如何相互点醒呢？

毫无疑问，在《朝花夕拾》中，鲁迅所表达的自我情感是丰富多样甚至是错综复杂的。就像一个艰辛跋涉的旅人，有时因久经沧桑而对人世间充满怀疑，有时因多历磨难而内心积聚愤怒，有时因人生的挫败而力抑悲愤，有时因友人的亡故而痛苦不安；然而，有时又会单纯如赤子之心，渴望着受人爱护的温暖，渴望着沉睡天性的苏醒，渴望着无拘无束的童趣，渴望着繁华如梦的迎神赛会。这一切都使得《朝花夕拾》情感之河低回曲折，犹如因四季变化而不同的河流——或汩汩流淌，或竞相奔流，或迷雾笼罩，或清澈见底。面对《朝花夕拾》这些复杂丰富的自我情感，我们在阐释视野上应联系鲁迅其他文类的创作，特别是杂文，方可透析；同时，在分析方法上，既要注意《朝花夕拾》情感世界的整体性，又要关注这种整体性在不同篇章的具体特点。

（一）现实的指向

《狗·猫·鼠》《〈二十四孝图〉》和《无常》这三篇散文，都有一个明确的现实的价值立场，童年的经验与感受均在这现实的价值立场中得到折射，有时相互剥离，有时彼此变异，有时又互相映照。

在《狗·猫·鼠》一文中，鲁迅表达了双重的情感，一是对"猫"的痛恨，他说道："现在说起我仇猫的原因来，自己觉得是理由充足，而且光明正大的。一，它的性情就和别的猛兽不同，

---

① 鲁迅：《鲁迅全集》（第四卷），北京：人民文学出版社，2005年，第18页。

凡捕食雀鼠，总不肯一口咬死，定要尽情玩弄，放走，又捉住，捉住，又放走，直待自己玩厌了，这才吃下去，颇与人们的幸灾乐祸，慢慢地折磨弱者的坏脾气相同。二，它不是和狮虎同族的么？可是有这么一副媚态！但这也许是限于天分之故罢，假使它的身材比现在大十倍，那就真不知道它所取的是怎么一种态度。"上文已指出，《狗·猫·鼠》一文是在现实问题直接激发下写成的，这里的"猫"以及关于"仇猫"的原因，均是有所指涉，为此有必要对相关的历史语境作些简要回顾。

1924 年底，"女师大"风潮一起，鲁迅就站在学生这一方。他第一次公开表示对此次学潮的意见，是 1925 年 5 月 12 日发表在《京报副刊》上的《忽然想到（七）》。[①]他写道："我还记得中国的女人是怎样被压制，有时简直并羊而不如。现在托了洋鬼子学说的福，似乎有些解放了。但她一得到可以逞威的地位如校长之类，不就雇用了'掠袖擦掌'的打手似的男人，来威吓毫无武力的同性的学生们么？不是利用了外面正有别的学潮的时候，和一些狐群狗党趁势来开除她私意所不喜的学生们么？而几个在'男尊女卑'的社会生长的男人们，此时却在异性的饭碗化身的面前摇尾，简直并羊而不如。"[②]"女师大"事件的扩大，随即引发了当时北京教育界的分化。在这种情势之下，鲁迅对"现代评论派"的"正人君子"们玩弄所谓"公理"的把戏，及时地予以迎头痛击，这些在《华盖集》及《华盖集续编》中均有精彩的呈现。[③]可以说，在《狗·猫·鼠》中所宣称的"仇猫"的原因，就是鲁迅在论战中间所积累的愤怒情感的曲折体现，这也使得这篇散文在回忆之中充满着时

---

① 朱正：《一个人的呐喊：鲁迅 1881—1936》，北京：北京十月出版社，2007 年，第 161 页。

② 鲁迅：《鲁迅全集》(第三卷)，北京：人民文学出版社，2005 年，第 64 页。

③ 吴中杰：《鲁迅传》，上海：复旦大学出版社，2008 年，第 207 页。

代感和论辩性。

　　与"猫"的隐喻义相对立，"鼠"在文本中所隐喻的则是另一重含义，文本中反复强调，在动物世界的残酷而血腥的竞争之中，"鼠"时刻处于弱势的地位。如果读者能像对"猫"的隐喻解读那样联系该文本的写作语境，那么，就会对"鼠"的隐喻意义有所会心。1925年5月21日，鲁迅写了杂文《"碰壁"之后》，尖锐地抨击那些所谓教育家们对学生的迫害，他把无限的同情与正义给予了受迫害的学生，文中说道："此刻太平湖饭店之宴已近阑珊，大家都已经吃到冰其淋，在那里'冷一冷'了罢……。我于是仿佛看见雪白的桌布已经沾了许多酱油渍，男男女女围着桌子都吃冰其淋，而许多媳妇儿，就如中国历来的大多数媳妇儿在苦节的婆婆脚下似的，都决定了暗淡的运命。""我吸了两支烟，眼前也光明起来，幻出饭店里电灯的光彩，看见教育家在杯酒间谋害学生，看见杀人者于微笑后屠戮百姓，看见死尸在粪土中舞蹈，看见污秽洒满了风籁琴，我想取作画图，竟不能画成一线。"①在《狗·猫·鼠》中，"鼠"的处境不就是这些弱势学生的写照吗？只有正视在这一历史阶段鲁迅与"正人君子"们艰苦的论战，才能找到解读《狗·猫·鼠》情感内涵的切入点。鲁迅曾感慨地说道："现在是一年的尽头的深夜，深得这夜将尽了，我的生命，至少是一部分的生命，已经耗费在写这些无聊的东西中，而我所获得的，乃是我自己的灵魂的荒凉和粗糙。但是我并不惧惮这些，也不想遮盖这些，而且实在有些爱他们了，因为这是我转辗而生活于风沙中的瘢痕。凡有自己也觉得在风沙中转辗而生

---

　　① 鲁迅：《鲁迅全集》(第三卷)，北京：人民文学出版社，2005年，第76~77页。

活着的，会知道这意思。"① 两个月后，鲁迅写成了《狗·猫·鼠》，于是，内心的爱与恨、悲痛与愤激再一次得以宣泄与书写。

　　在《〈二十四孝图〉》一文中，鲁迅表达的同样是双重情感体验：一是对传统教育扼杀天性、扭曲人性的鞭挞，他激烈而又语带嘲讽地抨击道："正如将'肉麻当作有趣'一般，以不情为伦纪，诬蔑了古人，教坏了后人。老莱子即是一例，道学先生以为他白璧无瑕时，他却已在孩子的心中死掉了。""彼时我委实有点害怕：掘好深坑，不见黄金，连'摇咕咚'一同埋下去，盖上土，踏得实实的，又有什么法子可想呢。我想，事情虽然未必实现，但我从此总怕听到我的父母愁穷，怕看见我的白发的祖母，总觉得她是和我不两立，至少，也是一个和我的生命有些妨碍的人。后来这印象日见其淡了，但总有一些留遗，一直到她去世——这大概是送给《二十四孝图》的儒者所万料不到的罢。"众所周知，"人的发现"是五四思想的伟大与深刻之处，其中"儿童的发现"与"妇女的发现"又是驱动"人的发现"这驾思想马车的坚实的两翼。以幼者为本位，对传统礼教束缚、扼杀儿童天性的批判，在《新青年·随感录》中已有十分激烈的表达，如，鲁迅在《随感录·二十五》中写道："中国娶妻早是福气，儿子多也是福气。所有小孩，只是他父母福气的材料，并非将来的'人'的萌芽，所以随便辗转，没人管他，因为无论如何，数目和材料的资格，总还存在。即使偶尔送进学堂，然而社会和家庭的习惯，尊长和伴侣的脾气，却多与教育反背，仍然使他与新时代不合。大了以后，幸而生存，也不过'仍旧贯如之何'，照例是制造孩子的家伙，不是'人'的父亲，他生了孩子，便仍然

---

　　① 鲁迅:《鲁迅全集》(第三卷)，北京：人民文学出版社，2005年，第4~5页。

不是'人'的萌芽。"①在《随感录·四十》中，鲁迅更是大声疾呼："可是东方发白，人类向各民族所要的是'人'——自然也是'人之子'。"②对"人之子"的呼唤，是鲁迅五四思想启蒙的主线之一，也是鲁迅立人思想的核心内容之一，它贯穿鲁迅一生的思想探索和思想追求。

　　二是对儿童天性的同情与发现："回忆起我和我的同窗小友的童年，却不能不以为他幸福，给我们的永逝的韶光一个悲哀的吊唁。我们那时有什么可看呢，只要略有图画的本子，就要被塾师，就是当时的'引导青年的前辈'禁止、呵斥，甚而至于打手心。我的小同学因为专读'人之初性本善'读得要枯燥而死了，只好偷偷地翻开第一叶，看那题着'文星高照'四个字的恶鬼一般的魁星像，来满足他幼稚的爱美的天性。昨天看这个，今天也看这个，然而他们的眼睛里还闪出苏醒和欢喜的光辉来。"为了让儿童的天性从传统文化束缚之中解放出来，五四时期的思想家们提出了不同的方案和不同的解放道路。除鲁迅之外，周作人、胡适、陈独秀、李大钊、钱玄同、刘半农等人，对此均有自己的言说。毫不夸张地说，在五四思想中弥漫着一种"儿童崇拜"的风气。因此，当我们重新审视这些言论时，就会发现，在其中，有些不免刻意追求"语不惊人死不休"，有些不免"剑走偏锋"。

　　当然，如果我们要充分汲取这种沉淀在历史之中的思想资源，则需要有一番披沙拣金的功夫。在诸多言论之中，鲁迅的思想则显出难得的理性与辩证。在这方面，最为经典的思想文献就是《我们现在怎样做父亲》一文，从某种意义说，这是鲁迅的

---

① 鲁迅：《鲁迅全集》（第一卷），北京：人民文学出版社，2005年，第312页。

② 鲁迅：《鲁迅全集》（第一卷），北京：人民文学出版社，2005年，第338页。

"人"学论纲，它理性、深刻地阐释了以幼者为本位的"人"学思想。这是古旧的东方民族为了从已承受两千多年的家庭制度束缚之中解放出来所发出的一篇人性解放的宣言，它警醒了现代中国人重新审视自己的文化历史，重新审视自己所遵从的规范伦理，重新审视自己所承担的责任伦理。文中写道："我现在心以为然的道理，极其简单。便是依据生物界的现象，一，要保存生命；二，要延续这生命；三，要发展这生命（就是进化）。生物都这样做，父亲也就是这样做……自然界的安排，虽不免也有缺点，但结合长幼的方法，却并无错误……人类也不外此，欧美家庭，大抵以幼者弱者为本位，便是最合于这生物学的真理的办法……所以我现在心以为然的，便只是'爱'……这样，便是父母对于子女，应该健全的产生，尽力的教育，完全的解放……中国觉醒的人，为想随顺长者解放幼者，便须一面清结旧账，一面开辟新路。就是开首所说的'自己背着因袭的重担，肩住了黑暗的闸门，放他们到宽阔光明的地方去；此后幸福的度日，合理的做人。'这是一件极伟大的要紧的事，也是一件极困苦艰难的事。"[1]在今天的父母看来，这样的言论并非惊世骇俗，恰恰是通情达理的"常识"。但在当时，这样的思考犹如瞬间闪烁的思想火光，点亮了"五四"人性解放与苏醒的天空，给予了刚刚走出黑暗与寒冷的"五四"新人们一线黎明的曙光和初春的温暖。

《无常》一文所抒发的情感也是双重的。表层上看，鲁迅试图借"无常"来倾诉自己内心的愤激之情，读者对文中的许多"愤言"自然会产生"同情之了解"，如文中说道："他们——敝同乡'下等人'——的许多，活着，苦着，被流言，被反噬，因了积久的经验，知道阳间维持'公理'的只有一个会，而且这会

---

① 鲁迅：《鲁迅全集》（第一卷），北京：人民文学出版社，2005年，第135~145页。

的本身就是'遥遥茫茫'，于是乎势不得不发生对于阴间的神往。人是大抵自以为衔些冤抑的；活的'正人君子'们只能骗鸟，若问愚民，他就可以不假思索地回答你：公正的裁判是在阴间！想到生的乐趣，生固然可以留恋；但想到生的苦趣，无常也不一定是恶客。"

正如在《狗·猫·鼠》一文中已分析过的那样，这段话中的"正人君子""公理"等词汇都是有所指涉。鲁迅与"现代评论派"的"正人君子"们的论战和"三一八"惨案发生后的悲愤心境，直接影响了这篇散文的抒情内容与抒情方式，且让我们还原历史语境。在"女师大"事件中，鲁迅针对"现代评论派"打着"公理"旗号的言论，进行了有力的还击，这就使得陈西滢有点招架不住。这时，同一阵营的徐志摩就故作公允的样子出来说话了，"大学的教授们"，"负有指导青年重责的前辈"，是不应该这样"混斗"，所以他要"对着混斗的双方猛喝一声，带住"。① 然而，鲁迅并没有被这虚假的公允所迷惑，誓言彻底揭穿"正人君子"们所玩弄的"流言"与"公理"的把戏，他随即写了《我还不能"带住"》，予以坚决回应。他说道："'负有指导青年重责的前辈'，有这么多的丑可丢，有那么多的丑怕丢么？用绅士服将'丑'层层包裹，装着好面孔，就是教授，就是青年的导师么？中国的青年不要高帽皮袍，装腔作势的导师；要并无伪饰，——倘没有，也得少有伪饰的导师。倘有戴着假面，以导师自居的，就得叫他除下来，否则，便将它撕下来，互相撕下来。撕得鲜血淋漓，臭架子打得粉碎，然后可以说后话。这时候，即使只值半文钱，却是真价值；即使丑得要使人'恶心'，却是真面目。略一揭开，便又赶忙装进缎子盒里去，虽然可以使人疑是钻石，也

---

① 　吴中杰：《鲁迅传》，上海：复旦大学出版社，2008年，第230页。

可以猜作粪土，纵使外面满贴着好招牌……毫不中用的！"①此番言论，真可谓"正对'论敌'之要害，仅以一击给与致命的重伤者"。②也正如他自己所言："我自己也知道，在中国，我的笔要算较为尖刻的，说话有时也不留情面。但我又知道人们怎样地用了公理正义的美名……行私利己，使无刀无笔的弱者不得喘息。倘使我没有这笔，也就是被欺侮到赴诉无门的一个；我觉悟了，所以要常用，尤其是用于使麒麟皮下露出马脚。"③

　　如果不是在严峻的现实之中承受着无穷无尽的身心创伤与痛苦，如果不是时常在夜阑人静之际不得不独自舐尽流血的伤口，如果不是在人生的历程中无数次身陷空洞而又无所不在的"无物之阵"，鲁迅不可能对"流言"、对"反噬"会如此的深恶痛绝，对"下等人"的"活着""苦着"会如此的感同身受。对于鲁迅来说，"华盖"之运，真是没完没了。"三一八"惨案发生后，陈西滢又在《闲话》里无端指责"民众领袖"，说他们"犯了故意引人去死地的嫌疑"，这种阴险的论调，让鲁迅"已经出离愤怒了"，于是，接连写了《"死地"》《可惨与可笑》《空谈》等文予以驳斥，有力地伸张了正义与勇气。④我认为，正是长期处在这样险恶的历史环境，才使得鲁迅对在"一切鬼众中，就是他有点人情"的活无常，产生了特殊的亲近感。当然，在对无常与众不同的亲近感背后，还有一重隐秘的情感体验，也就是说，在鲁迅深邃的情感世界中始终存在着一个鲜为人知的角落，那就是他对

────────────

①　鲁迅：《鲁迅全集》（第三卷），北京：人民文学出版社，2005 年，第258~259 页。

②　鲁迅：《鲁迅全集》（第十一卷），北京：人民文学出版社，2005 年，第41 页。

③　鲁迅：《鲁迅全集》（第三卷），北京：人民文学出版社，2005 年，第260 页。

④　吴中杰：《鲁迅传》，上海：复旦大学出版社，2008 年，第233 页。

黑暗世界的凝视甚至眷恋，这在小说中、在《野草》中、在《女吊》中、在他终生所搜集的汉画像砖的拓片中，都有幽深的体现。即使是在鲁迅的相对明亮的作品文本之中，读者也总能看到一种黑暗底色，总能感觉到一种幽暗的影子在飘忽。或许正是不断对黑暗凝视，使鲁迅磨砺了锐利的目光，使他能清醒地看到现实的另一面，并让自己从与现实的紧张而压抑的对峙之中解放出来。对无常的亲近与欣赏，何尝不是这样一次心路历程！

（二）寂寞与温暖

从情感的复杂性来看，《藤野先生》颇似《狗·猫·鼠》《二十四孝图》和《无常》，但这篇散文的情感广度却又有所不同：

一是深刻地表达了中国知识分子的"日本体验"，尤其是作为弱国子民的屈辱感："中国是弱国，所以中国人当然是低能儿，分数在六十分以上，便不是自己的能力了：也无怪他们疑惑。"中国近现代知识分子的"日本体验"，不仅对中国近现代文学史、文化史、思想史、政治史、学术史均产生了深广的影响，而且，对中国近现代知识分子精神与人格的形成也具有独特的作用。关于这一课题，尽管学术界已有所展开，但仍有许多未竟的领域有待开掘。①

二是"幻灯片事件"所给予鲁迅情感的刺激："但我接着便有参观枪毙中国人的命运了。第二年添教霉菌学，细菌的形状是全用电影来显示的，一段落已完而还没有到下课的时候，便影几片时事的片子，自然都是日本战胜俄国的情形。但偏有中国人夹在里边：给俄国人做侦探，被日本军捕获，要枪毙了，围着看的

---

① 李怡：《日本体验与中国现代文学的发生》，北京：北京大学出版社，2009年。

也是一群中国人；在讲堂里的还有一个我。'万岁！'他们都拍掌欢呼起来。这种欢呼，是每看一片都有的，但在我，这一声却特别听得刺耳。此后回到中国来，我看见那些闲看枪毙犯人的人们，他们也何尝不酒醉似的喝采，——呜呼，无法可想！但在那时那地，我的意见却变化了。"鲁迅在创作生涯中曾多次提到这一事件，可见它对其思想变化的重要性，其中有两次关于这一事件的叙述，相对比较完整，其一是《藤野先生》，其二是《呐喊·自序》。然而，同样是叙述这一事件所给予"我"的刺激，与《呐喊·自序》相比，《藤野先生》则有所克制，对"我的意见的变化"之原因，并未作更深入的剖析。其中的缘由，我认为，除了因为此前在《呐喊·自序》中已经有所叙述之外，《藤野先生》一文如此处理，还有审美表现上的考量：鲁迅尽力压抑自己受伤情感的抒发，不让它淹没了对藤野先生的感激之情。如果不是这样，那么，文本的情感结构就会失衡，并将破坏逐渐变得深厚的抒情氛围。《藤野先生》一文在抒情上的有意调适，不仅没有让文本的情感慢慢消解，反而使得整个文本随着叙述进程展开，抒情也在平稳之中渐渐达到饱和。

三是表达对藤野先生的怀念："但不知怎地，我总还时时记起他，在我所认为我师的之中，他是最使我感激，给我鼓励的一个。有时我常常想：他的对于我的热心的希望，不倦的教诲，小而言之，是为中国，就是希望中国有新的医学；大而言之，是为学术，就是希望新的医学传到中国去。他的性格，在我的眼里和心里是伟大的，虽然他的姓名并不为许多人所知道。""他所改正的讲义，我曾经订成三厚本，收藏着的，将作为永久的纪念。""他的照相至今还挂在我北京寓居的东墙上，书桌对面。每当夜间疲倦，正想偷懒时，仰面在灯光中瞥见他黑瘦的面貌，似乎正要说出抑扬顿挫的话来，便使我忽又良心发现，而且增加勇气了，于是点上一枝烟，再继续写些为'正人君子'之流所深恶痛疾的文字。"这么一大段沉郁的直抒感情的笔墨，在鲁迅的文字世界中并不多见，足以见出藤野先生在他的内心世界的独特地位。然而，在另一方面，我们也可以从中读出鲁迅写下这段文字时内心的寂寞与孤独。此时的鲁迅正只身处在荒凉的厦门岛，正像他所描述的那样："记得还是去年躲在厦门岛上的时候，因为太讨人厌了，终于得到'敬鬼神而远之'式的待遇，被供在图书馆楼上的一间屋子里。白天还有馆员，钉书匠，阅书的学生，夜九时后，一切星散，一所很大的洋楼里，除我以外，没有别人。我沉静下去了。寂静浓到如酒，令人微醺。望后窗外骨立的乱山中许多白点，是丛冢；一粒深黄色火，是南普陀寺的琉璃灯。前面则海天微茫，黑絮一般的夜色简直似乎要扑到心坎里。"① 是的，远在黑暗的北平的家，暂时是回不去了；痛在内心的兄弟失和，永远无法弥缝；情意初萌的爱，则又前途未卜……这一切都使得鲁迅深陷寂寞与孤独的漩涡而急于自拔。然而，哪里才能找到抗争的精神资源？显然，不是在自己周围人们之中，也不是在"当下"的现实之中。此时，四顾茫然，只能投向遥远的回忆世界。从某种意义上说，鲁迅与藤野先生的友谊，是灰暗的中日现代关系史上的一抹亮丽的玫瑰色。② 有意思的是，对这一抹"玫瑰色"不同的解读，曾影响了日本学者对鲁迅形象的不同塑造，典型的事例就是，在竹内好的《鲁迅》出版第二年，太宰治出版了题为《惜别》的小说，其中关于鲁迅这段经历的叙述，就呈现出与竹内好的《鲁迅》完全不同的生活场景和精神历程。无论其中如何分歧，这一切都将丰富我们对《藤野先生》的阐释。

---

① 鲁迅:《鲁迅全集》(第四卷)，北京：人民文学出版社，2005年，第18页。

② 董炳月:《姗姗来迟的"太宰鲁迅"》，《惜别》，北京：新星出版社，2006年，第15页。

在《范爱农》一文中，作者的情感发展波澜起伏，但最为集中也最为强烈的流露，是在他得知范爱农落水死亡的时候："夜间独坐在会馆里，十分悲凉，又疑心这消息并不确，但无端又觉得这是极其可靠的，虽然并无证据。一点法子都没有，只做了四首诗，后来曾在一种日报上发表，现在是将要忘记完了。"在这看似平静的叙述之中，包含对老友范爱农无限的同情与怀念，对命运多舛的无限感慨与忧伤。但是，这篇散文在获得这一极具力度的情感表达之前，作者早已有意地进行了多次的情感抑制与回旋，从而形成《范爱农》一文独特的抒情方式与抒情风格。

一开始，"我"和范爱农的情感，彼此是极不融洽的，文中写道，在认识范爱农之初，由于在发电报上的争执，使"我"对他的感情极恶："从此我总觉得这范爱农离奇，而且很可恶。天下可恶的人，当初以为是满人，这时才知道还在其次；第一倒是范爱农。中国不革命则已，要革命，首先就必须将范爱农除去。"这些故作夸张的笔调，其目的是要强调"我"对范爱农的恶感，并把读者和范爱农的情感关系强烈推开，引向疏远、冷淡的边缘。接着，作者叙述了自己对范爱农的恶感如何从淡忘到和缓的过程："然而这意见后来似乎逐渐淡薄，到底忘却了，我们从此也没有再见面。"文本的抒情形态在此完成一个小转换，从冷淡、疏远的冰点渐渐升温。当"我们"在一次偶然的场合再见面时，"互相熟视了不过两三秒钟"，就认出彼此来，"不知怎地我们便都笑了起来，是互相的嘲笑和悲哀"。尽管作者在这里并没有明确而详细地叙述互相嘲笑什么、悲哀什么。但是，正是如此，给读者留下无限的思考空间。有一点是明确的，是相同的经历与处境，使彼此相互理解、相互接近。此后，"我"和范爱农时常来往，绍兴光复之后，两人还一起在师范学校共事过，面对"内骨子依旧"的所谓"光复"，只有范爱农理解"我"的处境与心情，所以，当季茀来信让"我"去南京时，也只有范爱农赞成。"我"离开后，范爱农又成为"革命前的爱农"，但他对"我"仍寄托着期待。文本正是通过对"我"和范爱农之间的情感关系如何从对立逐渐变得密切起来这一过程性的叙述，才能够将最后的抒情推升到情感饱和的"爆破点"。为了实现抒情方式的回旋，《范爱农》一文还大量使用倒叙和间接叙述的方式，比如，关于范爱农在日本时为什么要故意反对"我"的解释，文本就使用了倒叙的方式；关于在"我"离开后范爱农的生活情形，用的则是间接叙述方式。这样，不仅增加文本结构的弹性，而且也使得文本的抒情方式显得虚实相生、张弛有度。

与《藤野先生》《范爱农》一样，《阿长与〈山海经〉》所要表达的也是对"他者"的感情。然而，更内在的相似之处，则在于三者都是在文章即将结束之际，才把抒情推向高峰，这一抒情特征在《阿长与〈山海经〉》一文中尤为突出。在文章的最后，鲁迅运用传统悼文的文体和语言形式，直抒胸臆道："我的保姆，长妈妈即阿长，辞了这人世，大概也有了三十年了罢。我终于不知道她的姓名，她的经历；仅知道有一个过继的儿子，她大约是青年守寡的孤孀。仁厚黑暗的地母呵，愿在你怀里永安她的魂灵！"这里的情感喷发，其效果，犹如巨浪拍击海岸所绽放的冲天浪花和所发出的澎湃涛声。事实上，为取得这种抒情效果，在文本的前面部分，抒情已有过多次反复与回旋，犹如海浪一层一层地叠加，每一次叠加之中都有前行与后退的交错，最后才积累成更大的能量。一开始，"我"对阿长的搬弄是非深为不满；对她的睡相，也实在无法可想；对她教给"我"的道理，感到烦琐之至。然而，对她的感情有了明显的变化，是在她告诉"我"有关"长毛"的故事之后："这实在是出于我意想之外的，不能不惊异。我一向只以为她满肚子是麻烦的礼节罢了，却不料她还有这样伟大的神力。从此对于她就有了特别的敬意，似乎实在深不可测。"但"这种敬意"在得知她谋害了"我"的隐鼠之后，又完全消失了——情感又再次回到低点，犹如人为了跳得更高，必须有一段助跑，有一个向下力蹬的动作一样，此前的抑制和回旋，都是为了文本在最后能抒发出更强有力的情感。《阿长与〈山海经〉》中这种波浪式上升的复杂的抒情方式，形成这篇散文独特的内敛与舒展并存的抒情风格。

（三）悲伤的旅程

关于《五猖会》，我们应该关注鲁迅所表达的两种情感。

一是对童心的再发现。"我常存着这样的一个希望：这一次所见的赛会，比前一次繁盛些。""记得有一回，也亲见过较盛的赛会。开首是一个孩子骑马先来，称为'塘报'；过了许久，'高照'到了，长竹竿揭起一条很长的旗，一个汗流浃背的胖大汉用两手托着；他高兴的时候，就肯将竿头放在头顶或牙齿上，甚而至于鼻尖。其次是所谓'高跷'，'抬阁'，'马头'了；还有扮犯人的，红衣枷锁，内中也有孩子。我那时觉得这些都是有光荣的事业，与闻其事的即全是大有运气的人，——大概羡慕他们的出风头罢。"童趣盎然的文字写出了对迎神赛会的好奇、期待和参与的冲动，在文字之间流淌着一股欢欣雀跃的热情，一种生动活泼的感性。可以想象，一个久经沧桑的中年人在回忆之时是多么神往于那个已经逝去的充满欢乐的世界。

二是对封建强权教育扼杀儿童天性的痛心。在这段关于迎神赛会的描述之中，我们体会到了鲁迅情感世界的丰富性和复杂性。这些文字越是生机蓬勃、欢声笑语，我们越能感受到他的寂寞与悲哀。也就是说，这种欢乐的情感并不是文本要表达的终极诉求。果不其然，文本的情感结构随即急转直下，正当"我"为能去看五猖会而兴高采烈之际，父亲却要"我"把书背下来。尽管最终在父亲的监督下，"我"把书背了下来，可以去看会了，但"我却并没有他们那么高兴。开船以后，水路中的风景，盒子里的点心，以及到了东关的五猖会的热闹，对于我似乎都没有什么大意思"。情感在这里有一个巨大的落差，仿佛一道河流从百米之高的悬崖飞流而下，形成了强劲的瀑布。这种情感的落差越大，转变得越急，就越能体味出作者内心的失落。值得注意的是，关于这段经历的叙述是与"父亲"联系在一起，必然使得文本对传统教育批判的锋芒内敛了许多，但又没有失去其应有的力度。文本如何做到了这一点呢？我认为，在这里，作者非常智慧地以视角的转换来兼顾思想与审美的齐头并进。他在最后写道："直到现在，别的完全忘却，不留一点痕迹了，只有背诵《鉴略》这一段，却还分明如昨日事。我至今一想起，还诧异我的父亲何以要在那时候叫我来背书。"难道作者真的不解"父亲何以要在那时候叫我来背书"吗？显然不是，这是作者在故作困惑，从而能够把矛盾交织的内心情感深藏起来。

在《朝花夕拾》之中，《从百草园到三味书屋》最为广大青少年读者所熟悉，其原因除了它被选入中学课文之外，还有一个更内在的原因，那就是这篇散文情感的欢乐、单纯和明亮，仿佛是一枝开放在清晨还带着露水的玫瑰，扑面而来的是阳光的气息，是自然的生机。在文本之中，鲁迅充分敞开了他对童年生活的欢乐之体验：百草园"其中似乎确凿只有一些野草；但那时却是我的乐园"。然而，正像鲁迅在《秋夜》中运用象征主义的创作方法所表达的那样，枣树"知道小粉红花的梦，秋后要有春；

他也知道落叶的梦，春后还是秋"。① 在《从百草园到三味书屋》中，我们也能够隐隐约约发现鲁迅在这种欢乐、单纯与明亮的书写之中所潜藏的寂寞和孤独。长期以来，研究界关于《从百草园到三味书屋》的阐释，对于文本中潜在的这种寂寞和孤独的情绪，在有意或无意之间加以忽略了。为了对此有更具体的读解，必须回到《从百草园到三味书屋》的创作语境和在这期间鲁迅的内心感受。

这篇散文写在厦门时期，鲁迅在给友人的书信中，对这期间的生活常常感慨系之："无人可谈，寂寞极矣。""为求生活之费，仆仆奔波，在北京固无费，尚有生活，今乃有费而失了生活，亦殊无聊。"②"这里就是不愁薪水不发。别的呢，交通不便，消息不灵，上海信的往来也需两星期，书是无论新旧，无处可买。我到此未及两月，似乎住了一年了，文字是一点也写不出。这样下去是不行的，所以我在这里能多久，也不一定。"③事实上，这些情感在《从百草园到三味书屋》之中也有着细微而曲折的流露：文本在充分敞开欢乐之后，并没有忘却随之而来的遗憾，就像风和日丽之时，突然发现远处的地平线上正悄然升起一抹乌云。他写道："我不知道为什么家里的人要将我送进书塾里去了，而且全城中称为最严厉的书塾。也许是因为拔何首乌毁了泥墙罢，也许是因为将砖头抛到间壁的梁家去了罢，也许是因为站在石井栏上跳了下来罢，……都无从知道。总而言之：我将不能常到百草园了。Ade，我的蟋蟀们！ Ade，我的覆盆子们和木莲们！……"

---

① 鲁迅：《鲁迅全集》(第二卷)，北京：人民文学出版社，2005年，第166页。

② 鲁迅：《鲁迅全集》(第十一卷)，北京：人民文学出版社，2005年，第563页。

③ 鲁迅：《鲁迅全集》(第十一卷)，北京：人民文学出版社，2005年，第595页。

这不是简单地向百草园告别，而是向欢乐的时光告别，作者也并非真的不知道"为什么家里的人要将我送进书塾里去了"，从审美效果上看，作者越是对原因故作种种推测，就越能表达出在告别百草园时的遗憾与忧伤。与《五猖会》一样，这种事后对原因佯装不知的曲笔，形成了《朝花夕拾》中别具一格的抒情方式。

在《父亲的病》一文中，鲁迅所表达的情感，表层上看似乎比较明确，如对传统中医的批判，对传统礼教的批判。其中对传统中医的批判，由于时代的差异而形成认识上的不同，需要作一些分析。今天的医学发展，使人们对传统中医的认识有了巨大的变化，我们不能由此而指责鲁迅偏激。因为对传统中医的批判，在"五四"一代思想家们的论述中，主要是把矛头指向传统中医背后的天人感应的思维方式和巫医不分的方法论，这一套思维方式和方法论与中国传统社会的世界观与价值观之间具有同构性。对于这一内在陷阱，"五四"一代知识分子具有足够的敏感与警惕，如陈独秀、胡适、周作人、钱玄同、刘半农、林语堂等人在当时都发表过许多看似过激但不失锐利的言论。所以，我们也要在这样的思想史背景中思考与理解鲁迅对中医的批判性。在这批判性的言辞背后，我们能体会到鲁迅从无奈到绝望的情绪：父亲的病在不同的"名医"的诊治下，却日重一日地变得更加无望，并且这种无望的体验是如此可怕地纠结在每一天的日常生活之中。

值得注意的是，在文本之中，鲁迅对这种情感的表达，使用的是一种近乎"黑色幽默"的方式。他放笔叙述了两个"名医"是如何开出种种奇特而又难办的药方与药引，自己又是如何经受一番千辛万苦的磨难才找到药引，但其疗效并没有让父亲的病有所好转，反而越来越重，这就造成过程与结果的错位。文本没有直接抒发这种错位所带来的绝望感，而是反其道而行之，有意渲染"名医"们的药引如何奇特，似乎给人以一线希望，语言之中也充满着戏谑性的意味，文本对这种戏谑性的意味越是有意加以渲染，就越能反衬出"我"的内心的焦虑与无望。如果更进一层来看，那么，在这种绝望的情绪背后，还存在着一种更深刻的体验，即对生存和生命的荒诞之感。《父亲的病》始终在叙述着一种悖谬性的存在形态：家人越是努力救治，而父亲的病越是无望地严重起来；临终的父亲越是痛苦，而家人却越是关注外在的习俗——此时此刻，没有人耐心、冷静地理解他临终的心情。所以，在最后，作者说道："我现在还听到那时的自己的这声音，每听到时，就觉得这却是我对于父亲的最大的错处。"这种自嘲式的幽默包含着对人生荒诞的无限感慨——作者越是敢于自嘲，就越能看清他对人生体验的深度。

　　和《父亲的病》一样，《琐记》一文的情感看似简单，实则复杂。在一篇文章之中相对完整地展现自己的经历与情感的变化过程，这在鲁迅作品中实属少见，仅有《呐喊·自序》是如此。《琐记》中，首先表达的是一种夹杂着愤怒却又不知如何反抗的屈辱感："大约此后不到一月，就听到一种流言，说我已经偷了家里的东西去变卖了，这实在使我觉得有如掉在冷水里。流言的来源，我是明白的，倘是现在，只要有地方发表，我总要骂出流言家的狐狸尾巴来，但那时太年青，一遇流言，便连自己也仿佛觉得真是犯了罪，怕遇见人们的眼睛，怕受到母亲的爱抚。"鲁迅的这番感叹，写出了许多人在成长中或许都有过的类似体验。其次是对新式学堂风气的厌恶之感。他形象而幽默地写道："初进去当然只能做三班生，卧室里是一桌一凳一床，床板只有两块。头二班学生就不同了，二桌二凳或三凳一床，床板多至三块。不但上讲堂时挟着一堆厚而且大的洋书，气昂昂地走着，决非只有一本'泼赖妈'和四本《左传》的三班生所敢正视；便是空着手，也一定将肘弯撑开，像一只螃蟹，低一班的在后面总不能走出他之前。"幽默形象的笔致之中充满着辛辣的反讽意味。再次是漂泊之感："毕业，自然大家都盼望的，但一到毕业，却又有些爽然若失。爬了几次桅，不消说不配做半个水兵；听了几年讲，下了几回矿洞，就能掘出金银铜铁锡来么？实在连自己也茫无把握，没有做《工欲善其事必先利其器论》的那么容易。爬上天空二十丈和钻下地面二十丈，结果还是一无所能，学问是'上穷碧落下黄泉，两处茫茫皆不见'了。所余的还只有一条路：到外国去。"

上述的三种体验分别镌刻在鲁迅不同的人生阶段，表面上看起来彼此之间似乎较少联系，但是，若加以深层的分析，就会发现，贯穿于这三种体验之中有一条共同的情感主线：那就是与周围环境的"格格不入"。无论是"S 城"，还是"矿路学堂"，"总觉得不合适"，这种"格格不入"的情感体验，可以说是现代中国最先觉醒的一代知识分子的情感写照。这一点，鲁迅在《故乡》《祝福》《在酒楼上》《孤独者》等小说中，均有深刻的表达。正是这种"格格不入"，使得这一代知识分子不停地流荡、漂泊，背负着"走"的命运。在 1923 年 12 月所作的题为《娜拉走后怎样》的演讲中，鲁迅特别讲述了一个来自欧洲的传说："耶稣去钉十字架时，休息在 Ahasvar(阿哈斯瓦尔) 的檐下，Ahasvar 不准他，于是被了咒诅，使他永世不得休息，直到末日裁判的时候。Ahasvar 从此就歇不下，只是走，现在还在走。走是苦的，安息是乐的，他何以不安息呢？虽说背着咒诅，可是大约总该是觉得走比安息还适意，所以始终狂走的罢。"[1]Ahasvar 是传说中的一个补鞋匠，被称为"流浪的犹太人"，我们无从揣测，当

---

①　鲁迅：《鲁迅全集》(第一卷)，北京：人民文学出版社，2005 年，第 170 页。

鲁迅讲述这个传说时，他的内心感受是如何。然而，《琐记》之中所表达的这种因"格格不入"而造成的流荡与漂泊，不就是传说中"走"的最好诠释吗？就像我们在《朝花夕拾》其他篇章中所看到的那样，在《琐记》一文中，鲁迅也是用一种幽默、轻松的笔致来写这种漂泊、流荡的感受，正是这种幽默的方式使得压在心头的漂泊之沉重与疲惫得以缓解。如，在文本的最后，作者写道："留学的事，官僚也许可了，派定五名到日本去……日本是同中国很两样的，我们应该如何准备呢？有一个前辈同学在，比我们早一年毕业，曾经游历过日本，应该知道些情形。跑去请教之后，他郑重地说：'日本的袜是万不能穿的，要多带些中国袜。我看纸票也不好，你们带去的钱不如都换了他们的现银。'四个人都说遵命。别人不知其详，我是将钱都在上海换了日本的银元，还带了十双中国袜——白袜。后来呢？后来，要穿制服和皮鞋，中国袜完全无用；一元的银圆日本早已废置不用了，又赔钱换了半元的银圆和纸票。"正是在这种自我调侃、自我嘲讽之中，把初到异国他乡的艰难与寂寞超越了，就像卡尔维诺所说的那样——用"轻"表达"重"。①

　　鲁迅在《汉文学史纲要》中给予司马迁的《史记》以高度的评价："史家之绝唱，无韵之《离骚》。"②这一评价，不仅蕴含着鲁迅对于《史记》思想与艺术成就的高度赞赏，也蕴含着鲁迅对司马迁"发奋著书"的心领神会。鲁迅自己的创作何尝不是如此。他曾说道："我以为如果艺术之宫里有这么麻烦的禁令，倒不如不进去；还是站在沙漠上，看看飞沙走石，乐则大笑，悲则大

　　①　[意]卡尔维诺：《新千年文学备忘录》，黄灿然译，南京：译林出版社，2009年，第1~31页。
　　②　鲁迅：《鲁迅全集》（第九卷），北京：人民文学出版社，2005年，第435页。

叫，愤则大骂，即使被沙砾打得遍身粗糙，头破血流……"①"这里面所讲的仍然并没有宇宙的奥义和人生的真谛。不过是，将我所遇到的，所想到的，所要说的，一任它怎样浅薄，怎样偏激，有时便都用笔写了下来。说得自夸一点，就如悲喜时节的歌哭一般，那时无非借此来释愤抒情。"②"世上如果还有真要活下去的人们，就先该敢说，敢笑，敢哭，敢怒，敢骂，敢打，在这可诅咒的地方击退了可诅咒的时代！"③"在现在这'可怜'的时代，能杀才能生，能憎才能爱，能生与爱，才能文。"④尽管上述言论是针对杂文创作而言，但也提示我们，鲁迅散文创作中的情感也是如此这般的息息相通。

---

① 鲁迅:《鲁迅全集》(第三卷)，北京：人民文学出版社，2005年，第4页。

② 鲁迅:《鲁迅全集》(第三卷)，北京：人民文学出版社，2005年，第195页。

③ 鲁迅:《鲁迅全集》(第三卷)，北京：人民文学出版社，2005年，第45页。

④ 鲁迅:《鲁迅全集》(第六卷)，北京：人民文学出版社，2005年，第419页。

三、知性之美

——《朝花夕拾》的审智意义

　　鲁迅曾对《朝花夕拾》在创作过程中所经历的环境变迁有过一个生动的描述："文体大概很杂乱，因为是或作或辍，经了九个月之多。环境也不一：前两篇写于北京寓所的东壁下；中三篇是流离中所作，地方是医院和木匠房；后五篇却在厦门大学的图书馆的楼上，已经是被学者们挤出集团之后了。"[①]身处流离的创作环境，必然会激发作者对人生、对社会、对历史、对生命作出更透彻、更复杂的反思与凝视。从审美创造的高度来看，如果《朝花夕拾》仅有上述所分析的"叙事"与"抒情"两个层次，它还不可能成为中国现代散文的经典之作。值得玩味的是，在这个文本之中，还存在着更内在的、更不易捕捉的"所思"层，这就是《朝花夕拾》的"审智意义"。有学者把散文之中的"审智"形态称为散文的"知性"，并认为，"所谓'知性'，当然有相对于理性和感性而言之意，但在此我无意强调它的哲学意义如老黑格尔所言。其实我所说的'知性'，乃指融会在此类散文中的一种不离经验而又深化了经验的感受力、理解力，因为它既不同于理论论述的理性化、抒情叙事的感性化，甚至与激情意气有余而常常欠缺理性的节制及'有同情的理解'的论战性杂文也迥然有

────────────

　　① 鲁迅：《鲁迅全集》(第二卷)，北京：人民文学出版社，2005年，第236页。

别，所以姑且借用现代诗学中的知性来指称它……知性散文表达的则是经过反省和玩味、获得理解和深化的人生经验与生命体验。正因为所表达的不离经验和体验，所以知性散文仍保持着生动可感的魅力，又因为所表达的经验与体验业已经过了作者的反复玩味和深化开掘，所以知性散文往往富有思想的魅力或智慧的风度。"[①]

事实上，中国现代散文的审智问题或者说知性问题，[②] 很早就有学者注意到了。如，胡适在 1922 年即指出："这几年来，散文方面最可注意的发展乃是周作人等提倡的'小品散文'。这一类的小品，用平淡的谈话，包藏着深刻的意味；有时很像笨拙，其实却是滑稽。"[③] 很显然，这里所谓的内含于平淡的谈话之中的"深刻的意味"，就有一层思想与智慧的含义。钟敬文在《试谈小品文》中则提出散文有两个主要元素，便是情绪与智慧，情绪是"湛醇的情绪"，而智慧是"超越的智慧"。[④] 郁达夫也强调说，散文是偏重在智的方面的，智的价值是和情感的价值、道德的价值等总和起来。[⑤]

当然，关于散文的知性或者说审智的论述，当属周氏兄弟最为丰富、深刻。两者相比之下，学术界对周作人理论的误读也最多，根源恰恰就出在其最著名的散文理论文献之一《美文》。在《美文》中，周作人这样写道："外国文学里有一种所谓论文，其

[①]　解志熙：《摩登与现代——中国现代文学的实存分析》，北京：清华大学出版社，2006 年，第 399 页。

[②]　孙绍振编：《中国散文 60 年选·抒情审美卷》，福州：海峡文艺出版社，2010 年。

[③]　沈寂编：《胡适学术文集·新文学运动》，北京：中华书局，1993 年，第 160 页。

[④]　钟敬文：《试谈小品文》，《文学周报》，1928 年，第 7 卷第 24 期。

[⑤]　郁达夫：《文学上的智的价值》，《现代学生》，1933 年，第 2 卷第 9 期。

中大约可以分作两类。一批评的，是学术性的。二记述的，是艺术性的，又称作美文，这里边又可以分出叙事与抒情，但也很多两者夹杂的。这种美文似乎在英语国民里最为发达，如中国所熟知的爱迭生，阑姆，欧文，霍桑诸人都做有很好的美文，近时高尔斯威西，吉欣，契斯透顿也是美文的好手。读好的论文，如读散文诗，因为他实在是诗与散文中间的桥。""他的条件，同一切文学作品一样，只是真实简明便好。"① 这篇散文理论文献由于影响太大了，导致的结果是，人们对周作人散文理论创造性的认知始终停留在《美文》所提出的叙事与抒情范畴上。事实上，周作人在《美文》之后的一系列文章中，不仅在审美上已经大大超越了这种"叙事与抒情"的范畴，而且对现代散文的内涵有了更加丰富、深刻的阐述，只有把这些后续的论述与《美文》相联系，才能完整看出周作人的散文理论的发展与特点。如，1930 年周作人在《近代散文抄·序》中说道："小品文则在个人的文学之尖端，是言志的散文，它集合叙事说理抒情的分子，都浸在自己的性情里。"② 1932 年，他在《杂拌儿之二·序》中又写道："平伯那本集子里所收的文章大旨仍旧是'杂'的，有些是考据的，其文词气味的雅致与前编无异，有些是抒情说理的，如《中年》等，这里边兼有思想之美，是一般文士之文所万不能及的。此外有几篇讲两性或亲子问题的文章，这个倾向尤为显著。这是以科学常识为本，加上明净的感情与清澈的智理，调合成功的一种人生观，以此为志，言志固佳，以此为道，载道亦复何碍。"③ 在

---

① 周作人：《周作人散文全集》(2)，桂林：广西师范大学出版社，2009年，第 356 页。

② 周作人：《周作人散文全集》(5)，桂林：广西师范大学出版社，2009年，第 695 页。

③ 周作人：《周作人散文全集》(6)，桂林：广西师范大学出版社，2009年，第 122~123 页。

1935 年的《中国新文学大系散文一集·导言》中，周作人更明确地写道："我相信新散文的发达成功有两重的因缘，一是外援，一是内应。外援即是西洋的科学哲学与文学上的新思想之影响，内应即是历史的言志派文艺运动之复兴。假如没有历史的基础，这成功不会这样容易，但假如没有外来思想的加入，即使成功了也没有新生命，不会站得住。"① 从以上简要的梳理可以看出，周作人在《美文》之后始终都在强调散文中要有说理、思想等智性范畴。

在中国现代散文史上，除了这些对散文知性的论述之外，更可贵的是，也出现了不少具有审智意义或者说充满知性之美的优秀之作。正如解志熙先生所指出的那样，梁遇春的《春醪集》，朱光潜的《给青年的十二封信》，温源宁的《不够知己》，钱钟书的《写在人生边上》，冯至的《决断》《认真》诸文以及李霁野的《给少男少女》等，与周氏兄弟散文一道，共同绘就了中国现代散文史开阔而且开明的人文精神景观。②

然而，长期以来，研究界对《朝花夕拾》的审智意义始终关注、阐释得不够。王瑶先生在《论〈朝花夕拾〉》中曾发出这样的疑问："为什么在斗争特殊困难的时候鲁迅要写这么一本以回忆往事为内容的散文集呢？"他自己的回答是："原因恐怕是多方面的。如前所述，现实斗争的'刺激'，应该说还是一个直接的诱因……更重要的原因，是鲁迅觉得把这些自己感受最深的经历写出来，不仅是个人的事情，而且对青年人有重大的现实意义……我们知道《莽原》主要是由鲁迅寄以期望的一些青年人办

---

① 周作人：《周作人散文全集》(6)，桂林：广西师范大学出版社，2009年，第 729 页。

② 解志熙：《摩登与现代——中国现代文学的实存分析》，北京：清华大学出版社，2006 年，第 398~400 页。

的刊物，鲁迅全力支持他们，并把这组文章题名为'旧事重提'。'旧事'之所以值得'重提'者，不仅因为它对现实仍有重要的借鉴或启示作用，而且正因为是'重提'，说明经过时间的考验，作者对它的认识和理解也已经深化了，它就更应该引起人们的思考和重视。"① 我认为，正是鲁迅对自己所"历"、所"阅"、所"感"有所"思"，即智性的观照、省思、升华，才成就《朝花夕拾》简劲而深沉的审智高度。

（一）成长的困惑

在《朝花夕拾》中，《〈二十四孝图〉》对传统教育扼杀天性的批判最为严厉；但在另一方面，对儿童天性的信仰也最为坚固——这两种思想立场在文本之中如一枚硬币的两面，彼此照应，彼此共生。鲁迅在《〈二十四孝图〉》之中反复提醒人们：不论传统教育如何给儿童天性设下种种的陷阱和枷锁，儿童爱美的天性，即使还很幼稚，但总会苏醒，也总有自己的生命力，总能像大石重压之下的小草那般，曲曲折折地生长。这一思想与鲁迅在《随感录》以及《我们应该怎样做父亲》等杂文中的思考一道汇成了鲁迅人学的思想激流，并和周作人的"儿童的发现"等论述，构成了五四新文化中的一股清澈而又有力涌动的思想洪流，不断冲击着旧思想旧文化的岸堤，使之日渐崩塌。

《五猖会》与《〈二十四孝图〉》都有一个共同的主题，那就是对传统教育的批判。但是，正像上面所作过的分析那样，《五猖会》的思想也并非如此单纯。我认为，鲁迅在文中所要思考的是"成长的困惑和代际的隔膜"。鲁迅充分同情儿童的天性，因

---

① 王瑶：《鲁迅作品论集》，北京：人民文学出版社，1984年，第151~154页。

为儿童的天性总是表现出如此强烈的渴望和好奇心，正是这种渴望与好奇，使得儿童对外在世界始终保持着生机勃勃的兴趣与爱好。童年时"我"对五猖会的渴念即是其一。但这种渴念是属于"我这一代"，而"我"的父辈或许也曾经历过这种渴念，而如今则忘却了，所以"他"无法理解"我"的这种渴念。"他"有着与"我"完全不同的仅仅属于他们自己的价值关怀，有着与"我"完全不同的仅仅属于他们自己的责任伦理，正是这种代际的隔阂才造成一代又一代人的成长困惑。所以，在文章的最后，鲁迅感慨地说道："我至今一想起，还诧异我的父亲何以要在那时候叫我来背书。"这种成长的困惑和代际的隔膜将是永恒而轮回的，鲁迅在散文诗《颓败线的颤动》、小说《故乡》《孤独者》中都曾思考过这一精神困境，在他的杂文中更是感慨万千。如，在《杂忆》中就写道："我常常欣慕现在的青年，虽然生于清末，而大抵长于民国，吐纳共和的空气，该不至于再有什么异族轭下的不平之气，和被压迫民族的合辙之悲罢。果然，连大学教授，也已经不解何以小说要描写下等社会的缘故了，我和现代人要相距一世纪的话，似乎有些确凿。"① 在写于1935年的《病后杂谈之余》中鲁迅则生动地说道："假如有人要我颂革命功德，以'舒愤懑'，那么，我首先要说的是剪辫子……想起来也难怪，现在的二十岁上下的青年，他生下来已是民国，就是三十岁的，在辫子时代也不过四五岁，当然不会深知道辫子的底细的了。那么，我的'舒愤懑'，恐怕也很难传给别人，令人一样的愤激，感慨，欢喜，忧愁的罢。"② 在临终绝笔《因太炎先生而想起的二三事》

① 鲁迅：《鲁迅全集》(第一卷)，北京：人民文学出版社，2005年，第236页。

② 鲁迅：《鲁迅全集》(第六卷)，北京：人民文学出版社，2005年，第195~196页。

中，鲁迅也表达过类似的想法。也就是说，鲁迅对这一精神困境的省思已经超越成长与代际的层面，深化到对文化、历史和民族之间隔膜的反思。

与《五猖会》相比，《从百草园到三味书屋》关于成长的思考则是亮丽、绚烂的。但是，正像我已指出的那样，仍然能看到"阴影"在文本的背后悄然升起，渐渐地融入绚烂亮丽的氛围，让人不禁感慨快乐时光的短暂，美好事物的易逝。尽管百草园是"我"的童年乐园，但这一乐园很快就不再属于"我"，"我"不得不告别心爱的一切，走进全城最严厉的书塾，去面对枯燥的习字与对课。尽管趁先生陶醉之际，"我"可以做自己想做的事：画画儿，但作为"我"快乐时光见证者的一大本《荡寇志》和《西游记》的绣像，最后也不得不"因为要钱用，卖给一个有钱的同窗了"。一切曾经快乐的时光，最终都彻底地离散而去。值得注意的是，在《阿长与〈山海经〉》和《藤野先生》中，同样写过一个鲜为人所关注的"遗失"的细节。在前文，鲁迅写道：阿长送给我的木刻的《山海经》，"却已经记不清是什么时候失掉了"。在后文，藤野先生曾改正过的讲义，"不幸七年前迁居的时候，中途毁坏了一口书箱，失去半箱书，恰巧这讲义也遗失在内了"。因"遗失"而带来的缺憾，永远是成长中一个难以追回的美好的缺憾，任何一个人生都是如此。

（二）对人性的洞察

在中国现代文学史上，还没有一位作家像鲁迅这样受到那么多的误解、误读乃至污蔑。在纷扰之中，说他"尖刻"，就是历来泼向鲁迅的"脏水"之一。是的，鲁迅曾经在《死》之中说过："欧洲人临死时，往往有一种仪式，是请别人宽恕，自己也宽恕了别人。我的怨敌可谓多矣，倘有新式的人问起我来，怎么回答呢？我想了一想，决定的是：让他们怨恨去，我也一个都不宽恕。"[①] 然而，有哪一个人敢于把话说得如此堂堂正正，如此彻头彻尾呢？这正是鲁迅人性中光明磊落的一面。其实，他是一个真正充满人情味的人性之子，在他的笔下有着太多对人性无限丰富的体察与宽容。比如，在他对阿长的感情与理解之中，就看得很分明：

阿长是一个卑微的乡下女人，她喜欢搬弄是非，但她也有狡黠而朴素的智慧，比如，当"母亲听到我多回诉苦之后，曾经这样地问过她。我也知道这意思是要她多给我一些空席。她不开口"。我很长一段时间都在揣摩，阿长为什么不开口？难道是确实愚钝而无法理会"我"母亲的话中之义？还是因愧疚而沉默？抑或装傻试图掩饰而过？我想，后者的可能性会更大些。值得一提的是，文本之中特别叙述了一个元旦的戏剧性情景，阿长在元旦清晨惶急的那一幕确实让人感动不已，尽管长年劳作，但她也有对自己幸福的渴望。我想，只有对生活充满爱、对人性充满温情的心灵，才能理解并同情一个卑微的底层劳动妇女对幸福的微不足道的祈盼。这种理解与同情正是源于鲁迅对人性的温暖而又柔软的拥抱。值得注意的是，作者在文本中花费大幅笔墨，叙述了阿长对"我"讲长毛的故事，尽管由此见出阿长的迷信，但在这可笑的迷信之中却迸发出一种令人敬畏的勇气和自我意识，如，阿长就对长毛故事中的女性作用深信不疑："城外有兵来攻的时候，长毛就叫我们脱下裤子，一排一排地站在城墙上，外面的大炮就放不出来；再要放，就炸了！"尽管这里有可笑的夸张，也有可悯的愚昧，但她的勇气与自我意识确实让人"不能不

---

① 鲁迅：《鲁迅全集》(第六卷)，北京：人民文学出版社，2005年，第635页。

惊异"。当然，其中还包含着鲁迅多重的历史与文化的反思：一、在阿长式的民间想象中，她对所谓"起义""革命"之类的理解是混乱的，"她之所谓'长毛'者，不但洪秀全军，似乎连后来一切土匪强盗都在内"。二、突显了农民战争的"暴力性"——轻易地杀人与任意地掠夺。三、中国底层民众对野蛮压迫的反抗。这一切都使得这个文本增加了丰富而复杂的历史洞见。阿长是个不识字的女人，但她在心中却默默记住了"三哼经"，买到"三哼经"的过程，或许历经辛苦，或许轻而易举。重要的是，她粗粝的心灵出乎意料地始终保存着对"我"的渴盼的敏感与体贴。正是这一点，使她成功地做成"别人不肯做，或不能做的事"。鲁迅正是通过对一个底层劳动妇女性格的丰富而个性化的展示，表达了自己对人性的多样化理解，尽管其中有批判有讽刺，但更有宽容和敬意。

　　这种对人性的多样化理解，贯穿鲁迅一生的创作历程。如，写于晚年的两篇散文《我的第一个师父》和《"这也是生活"……》，读来意味隽永。"我"的师父是一个和尚，但他有一个"我的师母"，"在恋爱故事上，却有些不平常"。"我所熟识的，都是有女人，或声明想女人，吃荤，或声明想吃荤的和尚。"[1]文中对"我"师父师母和师兄们的言行举止的评价，不仅毫无道学式的苛酷，而且充满人情的温润。在《"这也是生活"……》一文中，作者深有感触地写到自己在病中的深夜醒来："街灯的光穿窗而入，屋子里显出微明，我大略一看，熟识的墙壁，壁端的棱线，熟识的书堆，堆边的未订的画集，外面的进行着的夜，无穷的远方，无数的人们，都和我有关。我存在着，我

---

[1]　鲁迅：《鲁迅全集》(第六卷)，北京：人民文学出版社，2005年，第600页。

在生活，我将生活下去……"①正是对生活的无限关联感和深情注视，才使得人们的内心变得日益丰富，才使得人们在深夜敏锐听到黎明的足音渐渐走近，才使得人们有勇气在无尽的等待与磨难之中抵抗广阔无边的寒冷，这就是每一位读者在阅读这篇散文时所油然而生的内心感动。

关于《父亲的病》，似乎要说的话已经不多了。然而，敏感的读者一定会对文本中的这样一段叙述，颇感疑惑和不安。无数次的阅读，我都会产生这种心理反应。鲁迅在文本中写道："父亲的喘气颇长久，连我也听得很吃力，然而谁也不能帮助他。我有时竟至于电光一闪似的想道：'还是快一点喘完了罢……。'立刻觉得这思想就不该，就是犯了罪；但同时又觉得这思想实在是正当的，我很爱我的父亲。便是现在，也还是这样想。"文中的语气似乎在辩解，又似乎在忏悔，这正是这个文本思想的复杂之处。有的论者将它解读成鲁迅的原罪意识，有的论者甚至由此探讨鲁迅个体心理与人格之中的弑父情结。我认为，这段文字之中体现的则是鲁迅对人性中幽暗面的认识。

"所谓幽暗意识是发自对人性中与宇宙中与始俱来的种种黑暗势力的正视与省悟：因为这些黑暗势力根深柢固，这个世界才有缺陷，才不能圆满，而人的生命才有种种的丑恶，种种的遗憾。"②对人性幽暗面的认识，是人类伟大的思想文化的重要组成部分。"我们都知道，西方传统文化有两个源头，希腊罗马的古典文明和古希伯莱的宗教文明。希腊罗马思想中虽然有幽暗意识，但是后者在西方文化中的主要根源却是古希伯莱的宗教。这宗教的中心思想是：上帝以他自己的形象造人，因此每个人的天

<hr>

①　鲁迅：《鲁迅全集》（第六卷），北京：人民文学出版社，2005年，第601页。

②　张灏：《张灏自选集》，上海：上海教育出版社，2002年，第2页。

性中都有基本的一点'灵明'，但这'灵明'却因人对上帝的叛离而汩没，由此而黑暗势力在人世间伸展，造成人性与人世的堕落。在古希伯莱宗教里，这份幽暗意识是以神话语言表达出来的，因此，如果我们只一味拘泥执着地去了解它，它是相当荒诞无稽的。但是我们若深一层地去看它的象征意义，却会发现这些神话也含有着一些可贵的智慧。其中最重要的一点乃是这些神话所反映出对人性的一种'双面性'了解——一种对人性的正负两面都正视的了解。一方面它承认，每个人，都是上帝所造，都有灵魂，故都有其不可侵犯的尊严。另一方面，人又有与始俱来的一种堕落趋势和罪恶潜能，因为人性这种双面性，人变成一种可上可下，'居间性'的动物，但是所谓'可上'，却有其限度，人可以得救，却永远不能变得像神那样完美无缺。这也就是说，人永远不能神化。而另一方面，人的堕落性却是无限的，随时可能的。这种'双面性'、'居间性'的人性观后来为基督教所承袭，对西方自由主义的发展曾有着极重要的影响。"①

在中国，对人性幽暗面的认识最深刻、最彻底也最丰富的思想流派当属法家，这是众所周知的。事实上，儒家文化在这方面也有它独特的思想洞察力和思想贡献。"儒家思想与基督教传统对人性的看法，从开始的着眼点就有不同。基督教是以人性的沉沦与陷溺为出发点，而着眼于生命的赎救。儒家思想是以成德的需要为其基点，而对人性作正面的肯定。不可忽略的是，儒家这种人性论也有其两面性。从正面看去，它肯定人性成德之可能，从反面看去，它强调生命有成德的需要就蕴含着现实生命缺乏德性的意思，意味着现实生命是昏暗的、是陷溺的，需要净化、需要提升。没有反面这层意思，儒家思想强调成德和修身之努力将

————————
① 张灏：《张灏自选集》，上海：上海教育出版社，2002年，第3页。

完全失去意义。"① 我认为，对人性幽暗面的自我体认，是鲁迅一生最深邃最锐利的思想武器，它不仅是鲁迅对国民性批判的怒火与利剑，也是鲁迅自我解剖的不竭动力。关于鲁迅幽暗意识的思想资源及其形成过程，在研究界还没有引起足够重视。我认为，这是解读鲁迅思想世界的又一把关键性的钥匙。②

　　潜存在《琐记》有关回忆片段连缀的深层结构之中，有一个深邃的主题值得思考，那就是对乔装成温情与善良的"虚伪之恶"的体察，这在鲁迅关于衍太太的刻画之中看得尤其透彻。"虚伪之恶"所衍生出的"瞒和骗"与"做戏的虚无党"，是鲁迅对传统文化和国民劣根性的一个深刻的诊断。他曾在《论睁了眼看》一文中写道："中国人的不敢正视各方面，用瞒和骗，造出奇妙的逃路来，而自以为正路。在这路上，就证明着国民性的怯弱，懒惰，而又巧滑。一天一天的满足着，即一天一天的堕落着，但却又觉得日其见光荣。"③ "中国人向来因为不敢正视人生，只好瞒和骗，由此也生出瞒和骗的文艺来，由这文艺，更令中国人更深地陷入瞒和骗的大泽中，甚而至于已经自己不觉得。世界日日改变，我们的作家取下假面，真诚地，深入地，大胆地看取人生并且写出他的血和肉来的时候早到了；早就应该有一片崭新的文场，早就应该有几个凶猛的闯将！"④ 在这慷慨激昂的疾呼之中，鲁迅渴望着坦率与诚实的文学精神，渴望着能激浊以扬清的文化创造力，渴望着堆积在民族灵魂深处的历史积垢能彻底被涤荡。鲁迅在《马上支日记》中还形象地把那些"虽然这么想，却是那么说，在后台这

---

　　① 张灏：《张灏自选集》，上海：上海教育出版社，2002 年，第 11 页。

　　② 郑家建：《思想的力量》，《文艺报》，2010 年，第 18 期。

　　③ 鲁迅：《鲁迅全集》（第一卷），北京：人民文学出版社，2005 年，第 254 页。

　　④ 鲁迅：《鲁迅全集》（第一卷），北京：人民文学出版社，2005 年，第 254~255 页。

么做，到前台又那么做……"的人，称为"做戏的虚无党"或"体面的虚无党"，[①]"衍太太"形象或许是这一称号最具体生动的诠释。

（三）存在之思

《狗·猫·鼠》一文，内含着作者对生命存在的思考，尤其是对处于复杂激烈竞争之中的弱者生命之脆弱性的思考。且看鲁迅是如何思考在动物界的生存逻辑链中，作为弱者的老鼠的生存状态："老鼠的大敌其实并不是猫。春后，你听到它'咋！咋咋咋咋！'地叫着，大家称为'老鼠数铜钱'的，便知道它的可怕的屠伯已经光降了。这声音是表现绝望的惊恐的，虽然遇见猫，还不至于这样叫。猫自然也可怕，但老鼠只要窜进一个小洞去，它也就奈何不得，逃命的机会还很多。独有那可怕的屠伯——蛇，身体是细长的，圆径和鼠子差不多，凡鼠子能到的地方，它也能到，追逐的时间也格外长，而且万难幸免，当'数钱'的时候，大概是已经没有第二步办法的了。"我认为，鲁迅之所以在这里要如此细致地描述老鼠在逃命过程中的惊恐、绝望和最终无可逃脱的劫难，目的是强烈地传达出弱者的脆弱与无辜，弱者的无可反抗的命运。事实上，对生命尤其是弱者生命状态的独特关怀，是鲁迅一生思考的主题。如，1933 年他在《为了忘却的记念》中悲愤地回顾道："在这三十年中，却使我目睹许多青年的血，层层淤积起来，将我埋得不能呼吸，我只能用这样的笔墨，写几句文章，算是从泥土中挖一个小孔，自己延口残喘，这是怎样的世界呢。"[②]是的！在他的生命历程中经历了太多无辜的杀戮与血腥的事件，他的文字触目惊心地记述着这一切：看过清王朝杀人

① 鲁迅：《鲁迅全集》(第三卷)，北京：人民文学出版社，2005 年，第346页。
② 鲁迅：《鲁迅全集》(第四卷)，北京：人民文学出版社，2005 年，第502页。

（《药》《虐杀》《隔膜》《买〈小学大全〉记》），看过袁世凯杀人（《〈杀错了人〉异议》），看过帝国主义残杀中国平民［《忽然想到（十）》《忽然想到（十一）》］，看过段祺瑞政府残杀手无寸铁的青年学生（《无花的蔷薇之二》《"死地"》《空谈》），看过恐怖的"清党"运动（《答有恒先生》《而已集·题辞》），看过国民党反动政府残杀进步人士（《中国无产阶级革命文学和前驱的血》《写于深夜里》《为了忘却的记念》）……正是不断目睹这种种或公开或秘密的残酷而血腥的事实，幼时记忆中的这个景象，才会被反复勾起，并与现实的情景互相叠加，互相印证。①

　　《范爱农》一文既有反思历史的沉重之感，又有感叹一代知识分子命运的苍凉之感。虽然辛亥革命成功了，但并没有给中国社会带来根本性的变化，正如文中所说："我们便到街上去走了一通，满眼是白旗。然而貌虽如此，内骨子是依旧的，因为还是几个旧乡绅所组织的军政府，什么铁路股东是行政司长，钱店掌柜是军械司长……"这种历史的循环和停滞之感，鲁迅在《阿Q正传》和一系列杂文中均有深刻的论述。如，他曾说道："可以知道我们现在的情形，和那时的何其神似，而现在的昏妄举动，胡涂思想，那时也早已有过，并且都闹糟了。""试将记五代，南宋，明末的事情的，和现今的状况一比较，就当惊心动魄于何其相似之甚，仿佛时间的流驶，独与我们中国无关。现在的中华民国也还是五代，是宋末，是明季。"②无论是改朝换代，还是革命光复；无论是专制，还是共和……知识分子总是处于政治的歧途上，总是不得不在历史的洪峰之中沉浮漂流。在范爱农身上，我们可以看到魏连殳、吕纬甫的身影，也可以看到鲁迅对处在历史变革中知识分子命运的思考。因此，在《范爱农》一文中，鲁迅

---

① 陈丹青：《笑谈大先生》，桂林：广西师范大学出版社，2011年。
② 鲁迅：《鲁迅全集》(第三卷)，北京：人民文学出版社，2005年，第17页。

所表达的历史思考是深沉的：处于变革之中的知识分子，总是痛苦地承担着"在而不属于两个社会"①尴尬的命运。

对《藤野先生》思想寓意的解读，长期以来人们较多地停留在直观的层面，认为藤野先生由于对学术的热爱而超越国界和种族的隔阂。但是，在我看来，《藤野先生》仿佛打开了一扇窗，让我们窥见鲁迅的自我与思想形成过程中所存在的另一种形态的精神源泉。当我们分析鲁迅的自我与思想形成的精神资源时，一般来说，倾向于从以下几个方面来阐释：一是中国古代文化与精神传统，尤其是魏晋传统；二是西方文化中的"摩罗诗人"传统，尤其是19世纪末以尼采为代表的"新神思宗"的现代性批判的思想传统；三是近代以来以章太炎思想为主脉的师承传统。但是，《藤野先生》则告诉我们：还有一个感性的、记忆的传统，这个传统虽然不是以深厚的文化脉络为底蕴，但它却以活生生的经验与情谊，浸润与影响着"我"的精神成长。我认为，正视鲁迅的自我与思想中的这个具体而生动的感性传统，将有助于我们更具个性化地理解与阐释鲁迅的自我与思想成长过程和价值资源的多元性和复杂性。

《无常》中的"活无常"是一个民间文化形象，当我们欣赏、亲近这一独特的民间文化形象时，不能忘却鲁迅在这一形象之中所投入的复杂的思想意蕴。首先是鲁迅与众不同的审美观。那就是对阴郁之美的爱好，这种审美趣味，在中国现代审美文化史上绝对是一种"异数"，他的《死》《女吊》《墓碣文》《死后》诸文以及他对汉画像砖拓片的鉴赏，都是这种别具一格、迥异流俗的审美观的确证。其次，在这种审美观背后，深藏着鲁迅对死亡与生命的双重性理解：生命之重总是与死亡之轻相生相伴。正如

---

① 汪晖：《反抗绝望：鲁迅及其文学世界》(增订版)，北京：生活·读书·新知三联书店，2008年，第112页。

《野草·题辞》所说的那样："过去的生命已经死亡。我对于这死亡有大欢喜，因为我借此知道它曾经存活。死亡的生命已经朽腐。我对于这朽腐有大欢喜，因为我借此知道它还非空虚。"①再次，这种独特的审美观是鲁迅用于反抗现实的秘密武器之一，海内外学者陈丹青②、李欧梵③、夏济安④和丸尾常喜⑤对这一问题均有精彩的论述，此处就不再展开。

　　卢那察尔斯基曾在"纯粹艺术家"和"纯粹思想家"之间做过一个极富创见的比较，他说："所谓的'纯粹艺术家'，看起来仿佛是凭着感情冲动而进行创作，事实上这不过说明：在这种艺术家身上，具体形象的思维是起着支配作用的。普列汉诺夫正确地认为，艺术工作不可能排除用概念的思维。然而我们也可以假定有这么一个人，在他逻辑概念领域内完成的过程超过了情感形象的思维。在头一种情况下，可称之为艺术家兼思想家；后一种，则是思想家兼艺术家。然而如果我们发现有这么个人，他的思维几乎完全缺乏形象性（这正如完全欠缺使用概念的思维一样，是很少可能有的情况），那么我们就可以认为，这就是近乎'纯粹思想家'的类型了。"⑥鲁迅究竟属于哪一种类型呢？我想，关于《朝花夕拾》的知性阐释，或许能给你提供一条思考的线索。

---

　　①　鲁迅：《鲁迅全集》（第二卷），北京：人民文学出版社，2005年，第163页。

　　②　陈丹青：《笑谈大先生》，桂林：广西师范大学出版社，2011年。

　　③　[美]李欧梵：《铁屋中的呐喊》，尹慧珉译，石家庄：河北教育出版社，2000年。

　　④　[美]夏济安：《鲁迅作品的黑暗面》，《国外鲁迅研究论集》，北京：北京大学出版社，1981年。

　　⑤　[日]丸尾常喜：《"人"与"鬼"的纠葛——鲁迅小说论析》，秦弓译，北京：人民文学出版社，2006年。

　　⑥　[俄]卢那察尔斯基：《海涅——思想家》，《外国理论家、作家论形象思维》，北京：中国社会科学出版社，1979年，第141页。

结语

　　小时候，生活在乡下，晚上只能就着一盏小小的煤油灯，读书写字。当大人们不在身边的时候，我就趁机走神。其中有一个情节至今记忆犹新。那时，我常常会出神地盯住煤油灯，紧紧地看着，那根细细的蜿蜒曲折的灯芯线的顶端，燃着一团小小的火焰，火舌总在不停地向上闯腾而又微微地摇摆着。在火焰的中央有一粒深蓝的火心，静静燃烧着，似乎凝固了，又似乎有一点虚空——那时，我不知该怎样形容这番景象。直到有一天，我读到卡尔维诺在《新千年文学备忘录》中的一个说法——火焰的原则即"变动中的秩序"时，才似乎有所领悟。这一种动中有静的内在结构，这种外部表现为有形、变动、实在，而内核稳定、凝结却又虚空的形态，不正是散文的美学原则吗？

　　优秀的散文，就像是一团燃烧的火焰。作家的所历、所闻、所见、所阅，构成了作家无限丰富多彩的经验和知识，这些经验和知识在作家的内心世界不断地累积、碰撞、挤压、沉淀、酝酿，急切地等待某个契机的出现，正如那源源不断地输向灯芯的煤油。契机终于来了，那可能是一句话，一个细节，一个擦肩而过的脸庞，一种莫名其妙的情绪，一次不期然的相遇，一次轻微的心伤。这时，创作的冲动就像一点火星落入油盏之中，于是，经验和知识就在瞬间被点燃了，内心情感像火舌一般升腾，发出"咝咝"的声音，舔破四周的黑暗。这犹如散文之中汩汩流淌的自我情感——或悲伤、或愤激、或欢欣、或渴望。然而，有经验的人都知道，观察、判断这团火焰能燃烧多久，它的火力猛不猛，关键还在于其火心是否深蓝，是否稳定。对于散文的最高要求也是如此，即作家能否在对"所感"的抒发之后，再深化一步：有所思，有所沉思，有所深思，有所哲思。如果能达到这一深度，那么，这团火焰就将永远燃烧在读者的心中，并照亮整个世界。于是，这样的散文也就可能成为文学性经典。这就是《朝花夕拾》从回忆到文学经典的创造之路。

附录一

重读《阿长与〈山海经〉》

　　阅读鲁迅的心境，是一种情感与理智、体验与反省、眩晕与洞察、阴郁与灵光相互交错的心理过程，它又会因阅读关怀、阅读时间、阅读场域而变化。如果从研究的意义角度对鲁迅创作的重要性作一个排序的话，我首先会选择杂文，其次小说，再次《野草》，最后才是《朝花夕拾》；然而，如果要我从个人的阅读兴趣出发，按照对鲁迅创作的喜爱度做一个排序的话，我会毫不犹豫地首选《朝花夕拾》。这部仅有十篇散文的单薄的集子，我不知读过多少遍，每一次都不禁感慨：一个世纪之前发生在浙东小城中的许多如细屑般微不足道的小事，却因为这部散文集而穿越岁月的磨洗，依然熠熠发光；许许多多曾生活在这里的卑微而不幸的人们，却因为这部散文集而摆脱时光流逝的定律，依然行走在那小城幽深的小巷间，那落寞的跫音，那孤单而略显弯曲的身影，那忧伤惶惑的眼神，在今天读者的心中依然真切；同时，作家主体的精神世界在成长的历程中所遭遇到的屈辱、愤怒、温暖、喜悦和悲苦，也因为这部散文集而超越个体体验的孤立和单向性，汇入读者的阅读体验之中，并始终让人怦然心动。

　　在《朝花夕拾》中，我最喜欢的篇章之一就有《阿长与〈山海经〉》，关于这个文本的阅读，我拥有渴望与大家分享的理由。

　　毫无疑问，我欣赏文本中张弛有度、伸缩自如的结构方式，也欣赏文本中跌宕起伏、抑扬回旋的抒情节奏，还欣赏文本在"过去"与"现在"这两个叙事视角之间所进行的看似漫不经心却机智灵巧的交替切换。然而，我更欣赏文本中独特的"破体"之创造。我认为，这篇散文成功的首要之处，就在于鲁迅充分运用了其得心应手的小说笔法。众所周知，在文体功能的区隔上，塑造人物形象是小说文体的重要功能，因此，古往今来的小说史上留下了无数个性鲜明的人物形象。但是，在古往今来的散文史上，尽管叙事写人的散文作品汗牛充栋，但能塑造出人物形象，并让读者读后恍若就在眼前的散文作品，则寥若晨星。《史记》《汉书》当为翘楚，而《朝花夕拾》则属这一杰出的散文传统在现代语境中所绽放的奇葩。"鬼而人，理而情，可怖而可爱的无常"；激愤而无奈、正直而落拓、潦倒而坚执的范爱农；外表不修边幅，但内心严谨热忱的藤野先生；在命运多舛之中走完落魄而无奈的一生的父亲；方正而迂执的书塾先生……这些都是富有说服力的范例。

　　此处且让我说说阿长吧。这个乡下女人喜欢在旁人面前"切切察察"，让"我"总疑心家里的一些小风波和这"切切察察"有些关系；喜欢睡觉时满床摆着一个"大"字，甚至一条臂膊还搁在"我"的颈子上，让幼时的"我""实在是无法可想"；喜欢在一些烦琐的礼节上小题大做，让"我""至今想起来还觉得非常麻烦"……这或许是低下的社会地位所造就的性格弱点，或许是封闭的底层文化经验所造就的心智弱点，尽管鲁迅在不动声色的反讽语调之中，仍然保留着对阿长温和而幽默的描写，但这些细节已把阿长推到让读者即使不是厌恶，至少也是不喜欢的那一边。从审美结构上看，此时文本的情感发展已推进到临界的状态：向前奔突就会坠入憎恶之情的深渊；笔致宕开，则别开生面。

　　果不其然，作者接下来的笔触很快就有力地撕开笼罩在我对阿长感情之上的阴霾，在人性的幽暗之间正渐渐透出亮光。我无数次为文本中紧接而来的一个场景而感动：元旦的清晨，当"我"在半梦半醒之间醒来时，"我"惊异地看到长妈妈惶急地看着"我"，她又有所要求似的摇着"我"的肩，这时"我"才忽而记得，"我"应该对她说："阿妈，恭喜……"于是她十分欢喜似的，笑将起来，同时将一点冰冷的东西，塞在"我"的嘴里。每次读到这里，我的内心总有一种莫名的紧张感。从审美接受的角度来看，这种"紧张感"的产生是因为这场景中间设置了"我"和"阿长"情感的错位，这种错位就构成文本情景的戏剧性和审美张力。当然，在这里我更想表达的不是这种清晰的理性阐述，而是另一种情绪：在这个场景之中，我看到了一个日复一日地过着平凡而卑微的生活的女人对幸福的短暂而热烈的期盼；我听到了一种尽管微弱但又坚执的对命运不公的抗议；阿长元旦清晨惶急的表情之中写满了生命的疲惫与岁月的沧桑，也写满了无望但不放弃的喜悦。是的，阿长的期盼之中有一种可笑的迷信，但无可非议的是，这种期盼本身却是正直的、热情的；是的，虽然阿长仅仅是个粗俗的乡下保姆，这是令人沮丧而无助的现实，但谁又能剥夺她对幸福的期待？元旦清晨的一声祝福，或许将照亮她一年的悲欢离合，将照亮她无数次悲哀绝望的哭泣，将照亮她眼中无尽漆黑的人生之路。

　　《阿长与〈山海经〉》中对小说笔法的另一个大胆借鉴就是，随着叙事的推进，产生了审美结构不断叠加的艺术效应，即文本的审美体验高峰处，不仅是作者情感的大突转处，也是对人物性格的再发现处，正是这"三江"汇流，把文本推向审美创造的极致：当"我"对《山海经》念念不忘但又束手无策之时，也就是阿长告假回家以后的四五天，她穿着新的蓝布衫回来了，一见面，就将一包书递给"我"，高兴地说道："哥儿，有画儿的'三哼经'，我给你买来了！""我似乎遇着了一个霹雳，全体都震悚起来"，"这又使我发现新的敬意了，别人不肯做，或不能做的事，她却能够做成功。她确有伟大的神力"。鲁迅以有力的笔触，写出这个卑微的乡下底层女性的人性的另一面：如土地般厚实的爱心，愚直之中的坚韧与执着，无视等级隔膜的朴拙的热情。这时阿长"站立"起来了，作为一个鲜活的人物形象，也作为一个大写的"人"。

《阿长与〈山海经〉》写于 1926 年，此时的鲁迅已走过生命的 45 个春秋，阅过无数的创伤与温暖、爱与恨，因此，任何形象在产生过程中必然饱含着复杂而具体的体验和想象。长久以来，我坚持认为，在阿长这个形象的背后凝聚着鲁迅对其生命历程中众多女性的情感体验和审美想象：有对母亲的深情，有对许广平的爱情，有对诸如祥林嫂、单四嫂子、华小栓母亲、夏瑜母亲等无数底层女性的同情，也有对诸如阿金式的中国女性的人性缺陷的憎恶之情。因此，她是如此的真实，又是如此的虚构。可以说，阿长已成为鲁迅生命中对女性情感体验与审美想象的"原型"，在这里隐藏着一个可以不断阐释的心理与艺术的秘密。

在《阿长与〈山海经〉》的开头，作者有意写了两个细节。一是在"我"的家庭中，不同地位的人对阿长的称呼是不同的，祖母叫她"阿长"，"我"的母亲称呼她"长妈妈"，"我"平时叫她"阿妈"。二是阿长并不是这位黄胖而矮的姑娘的本名，这个名字只是先前的先前"我"家另一位女工的称呼。作者为什么要在有限的篇幅里专门写到这两个细节呢？在《阿长与〈山海经〉》的阅读史上，似乎没有人关注过这个问题。而我认为，鲁迅对这两个细节的选择富有深意。因为在等级结构森严的传统大家庭中，称谓是一种特权的表征，是一种体现支配与被支配结构关系的话语形式。在这样的家庭结构中，一位底层女性永远只能处于在不同的主人面前被赋予不同称谓的命运之中。从更深层的文化结构来看，追问阿长名字的来历，是在呈现中国传统底层女性的一部无声的身份文化史。她对于许多人来说，仅仅是个无关紧要的符号，是一群不断来了又去的被损害者的替身之一，她无法取得自身独立的主体性，就连姓名也都是被赋予的。文本中的这段叙述，尽管没有直接展现阿长的人生挣扎，但鲁迅对这位底层女性命运之同情，则在字里行间汩汩流淌。这个不幸的女工在现实中只是一个记忆或称谓，飘忽在一群没有身份的历史，没有身份的认同，更没有身份的主体性的芸芸众生之中。但是，长妈妈，这个卑微而不幸的乡下女性，因那粗糙的木刻《山海经》而活在鲁迅的心中；又因鲁迅而活在无数读者心中；又将因阅读的传递，而永远活在不断延展的时光之中……

　　谁又能说她是不幸的呢？

知识之美

——论周作人散文中知识的审美建构

绪　论

周作人研究是一个极具挑战性的课题。近一个世纪以来，关于周作人，可谓是众说纷纭。撇开在特定的历史时期由于政治性因素的干扰所造成极端片面化和简单化的误区不论，在某种意义上说，学术界已有的关于周作人研究的任何一种说法，都是对周作人复杂性的一个侧面的接近，都是对周作人散文"貌似闲适"的风格背后的"苦味""苦闷"之心境的一种解读。在我看来，无论是接近的努力还是解读的尝试，都既与研究者对中国现代知识分子思想道路与历史命运的回望与反思相联结，又与研究者对自身处境的当下关怀相联结。因此，周作人研究的开放与封闭、活跃与沉寂，必然会隐隐约约地透露出具体时代的思想文化和历史语境转变的信息。

当下的学术语境是一个"话语饱和""范式多元"的时代，人文科学领域的任何一个课题研究都面临着讯息过剩但又创新乏力的尴尬处境。因此，今天选择这样一个课题来研究，它的难度就显得尤其突出：（一）周作人研究不是今天才开始的，它已走过近一个世纪的学术历程，在时间长度上可以说与鲁迅研究一样漫长。在其曲折发展的学术史上，尽管不像鲁迅研究那样名家辈出，名作纷呈，但毕竟已有许多重要的著作论文问世。尽管如此，但我认为，真正具有学术史意义的周作人研究，应该是以新时期为开端。它的标志就是学术界开始科学地而不是标签式地运用历史唯物主义和辩证唯物主义的理论与方法来看待、分析、评价周作人的思想道路、艺术成就及历史功过。就学术成果而言，应以舒芜的《周作人的是非功过》和钱理群的《周作人论》为这方面的代表性著作。前者以唯理与审美的笔致具体而辩证地分析了周作人思想与艺术上的独特性、复杂性及历史命运。后者以鲁迅为参照视野，在比较中深入分析周作人的思想与人生历程，尽可能具体地展示出周作人的丰富性、复杂性。尽管这两部著作的出版均在 20 世纪 90 年代，但仍然是我们今天研究周作人不可或缺的参考文献。（二）周作人自身在思想、艺术、个性、经历等方面的复杂性、丰富性和特殊性，也为历来的研究设定了特有的难度：怎样的周作人才是"真实"的周作人？或者说真实的周作人又是怎样的？这是颇难回答却又耐人寻味的问题。回顾学术史，可以看出，在不同的历史阶段，都不乏有人尝试着去理解、去把握这一问题的"真实内核"，其中既有周作人的朋友、同事、学生，也有众多基于不同立场的研究者，但是，这些努力的结果常常是令人遗憾的。在他们的笔下，周作人的形象往往显得既清晰又模糊，既复杂又简单，既明确又动摇，这就更增加了对周作人认识的难度。在我所读过的相关文献中，有两个人的叙述让我记忆犹新：一是胡兰成，二是温源宁。学者胡兰成曾对周作人与鲁迅做过一个十分形象的对照，他说："周作人是骨子里喜爱着希腊风的庄严，海水一般晴朗的一面的，因为回避庄严的另一面，风暴的力，风暴的愤怒与悲哀，所以接近了道家的严冷，而又为这严冷所惊，走到了儒家精神的严肃……我以为，周作人与鲁迅乃是一个人的两面。鲁迅也是喜爱希腊风的明快的。因为希腊风的明快是文艺复兴时代的生活气氛，也是五四时代的气氛，也是俄国十月革命的生活气氛。不过在时代的转变期，这种明快，不是表现于海水一般的平静，而是表现于风暴的力，风暴的愤怒与悲哀。"①胡兰成认为"周作人与鲁迅乃是一个人的两面"，初读起来，你可能会疑惑不解，但仔细体会，似乎又含义深远。这个说法让我想起卡尔维诺的小说《分成两半的子爵》，小说讲述的是这样一个故事：一个人在战争中被弹片劈成两半，但这两半都奇迹般地活着，他们生活在同一个乡村，其中一半在村里作恶多端，另一半则行善多多，这两个半个身子的人相互仇视，最后在一次决斗中，当他们把剑刺入彼此的身体时，奇迹发生了：主人公"梅达尔多就这样变归为一个完整的人，既不好也不坏，善与恶具备，也就是从表面上看来与被劈成两半之前并无区别"。卡尔维诺在这篇充满寓言性的小说中，揭示了善与恶、爱与恨的共生性，也许正是这种共生性才是人性本质之所在，才是人性的完整性之所在。无独有偶，当学者温源宁提起周作人时，也是把他同风浪、同海洋联系在一起，也看到了其晴朗的另一面。他说："风浪！提到风浪，令人联想到海洋；提起海洋，又令人联想到舰艇。仿佛是命运的奇特讽刺，周先生这位散文作家，还确实曾经是一名海军军官学校的学员！但是，归根到底，又并不非常奇特。还有什么能比一艘铁甲战舰在海上乘风破浪更加优雅动人的呢？不错，周先生正好就像一艘铁甲战舰，他有铁的优

---

① 胡兰成：《中国文学史话》，上海：上海社会科学院出版社，2004年，第167页。

雅！"① 如果我在这里问一句：何谓"铁的优雅"？可能最好的回答也只可意会，不可言传。值得注意的是，胡兰成和温源宁这两种形象性的说法有一种内在的一致性，即他们都敏锐地看到周作人思想、性格中同时存在着直面/回避、晴朗/风暴、优雅/刚毅的双重特性，它们构成了周作人性格的两面。我认为，只有同时看到这两面性，才算是较为具体真实地接近周作人的丰富性。因此，在研究过程中，紧紧抓住研究对象思想性格的这种两面性特征并辩证地加以分析，是我们研究周作人不可缺少的理论分析方法。（三）周作人是个文化身份复杂多重的历史人物，这就给后人留下了动摇而充满歧义的文化想象和文化身份的认同感。但无论如何，周作人首先是一位有独特风格的散文大家，他所有的思想表达和文化身份表征都是借助个性化的散文风格和散文文体呈现出来。也就是说，散文创作对周作人而言，绝不是单纯的情绪表达。在精神意义上说，它是周作人作为启蒙思想家、文学家和学者的存在方式。他的散文创作及其文体，就深层的价值结构而言，是以审美的方式来表现和确立作家自身的思想立场、思维方式、情感结构和文化身份。因此，关于周作人散文的研究必然是一种集知识、思想、文化、审美等于一体的多维度、多视野的整合性研究。

当我们对周作人研究的难度有了足够的分析之后，接下来的问题不是裹足不前，而是整装待发。我们首先要确定三个问题：（一）我们的研究起点是什么？我认为，对周作人散文文本的解读与分析是这一切研究的出发点。（二）周作人散文文本在话语方式、审美建构、审美风格和文体生成等方面具有怎样的特征？（三）对于这些特征的解读与分析，又将与周作人思想个性的特殊性、复杂性等要素怎样联系在一起？我认为，对这三个问题的

①　温源宁：《不够知己》，江枫译，长沙：岳麓书社，2004年，第376页。

展开，就构成论文内在的研究方向：即从文本出发，目标是要抵达一个隐藏在文本深层并内在于研究对象的思想与人格的复杂内核。当然，这一过程不可能一蹴而就，研究者必须经历一系列从知识到审美、从话语方式到意义生成的分析环节。

如何清晰而具体地建构这一分析过程，就像一位登山者必须对攀登路线了然于胸一样，这是实现理论预设的关键。因此，这一建构过程也是本文研究路线的选择与确定过程。我认为，周作人对鲁迅小说散文的观察方式，在这一方面具有启示性。在鲁迅去世不久，周作人撰写了三篇关于鲁迅的文章。已有的鲁迅研究对这三篇文章似乎并不在意，但我认为，周作人在这三篇文章中所体现出来的观察、理解鲁迅的方式，具有方法论的意义。他说："鲁迅写小说散文又有一特点，为别人所不能及者，即对于中国民族的深刻的观察。大约现代文人中对于中国民族抱着那样一片黑暗的悲观的难得有第二个人吧。豫才从小喜欢'杂览'，读野史最多，受影响亦最大，——譬如读过《曲洧旧闻》里的《因子巷》一则，谁会再忘记，会不与《一个小人物的忏悔》所记的事情同样的留下很深的印象呢？在书本里得来的知识上面，又加上亲自从社会里得来的经验，结果便造成一种只有苦痛与黑暗的人生观，让他无条件（除艺术的感觉外）的发现出来，就是那些作品……这是寄悲愤绝望于幽默。"① 我认为，这段话内含着周作人理解与分析鲁迅小说散文的三个层次：（一）鲁迅小说散文的思想来源：书本里的知识与来自社会观察的人生经验。（二）鲁迅小说散文的思想生成方式，即前述的来源内在地造成不满、苦痛与黑暗的人生观。（三）鲁迅小说散文的思想表达方式，即寄悲愤绝望于幽默。（值得一提的是，李长之所著的《鲁迅批判》〔1936 年出版〕一书，其内在的逻辑结构与周作人此处的分析过

---

① 周作人：《关于鲁迅》，《瓜豆集》，石家庄：河北教育出版社，2002 年。

程有极大的相似之处。）我认为，这三个有机联系的层次所体现的内在结构，也是我们研究周作人散文的思维结构，即：（一）周作人散文的思想之资源，（二）周作人散文的思想生成方式，（三）周作人散文的思想表达方式。

　　既然我们已经确定了研究方向和研究路线，那么，如何迈开第一步就显得成败攸关。现在我们可以回到确定问题的开端上来，当然，问题的开端，既可以是关于周作人散文的风格与文体，也可以是关于周作人散文的中外文化资源。我的选择则是关于周作人散文的话语方式。那么，周作人是如何认识与评价自己散文的话语方式呢？其中是否内含着对我们的研究具有启发性的要素呢？且看下面的分析：周作人曾自我评价说："我的头脑是散文的，唯物的。"[①] 这句话看起来似乎并不经意，也没有引起学者的足够注意。但在我看来，却是意味深远的：什么是"散文的"？从字面的简单推理，也许可以把"散文的"理解成"非诗性的"或"非诗化的"。显然，这还不能准确地揭示出其中的内涵。从句法逻辑关系上看，"散文的"是与"我的头脑"联系在一起，由此，我认为，此处所谓的"散文的"确指一种非情绪的、非感性的、非想象性的思想方法和思想表达方式。它的具体特征应该是理智性的、求真性的。在某种意义上说，只有这种理智性的思想方法和表达方式才能揭示、理解、把握世界的"唯物性"。同时，对于世界内在的"唯物性"来说，只有这种理智性的思想方法和表达方式才可能充分把握其唯物性的实质和精髓，这就在理论思维的过程中形成了表达内容和表达方式的统一性。我认为，这种"统一性"正是周作人散文话语方式的真实而独特的形态特征。然而，创作是一种复杂的感性/理性、情感/理智、知识/想象的审美过程，在这一过程中，审美内容与审美方式

① 周作人：《桃园跋》，《永日集》，石家庄：河北教育出版社，2002年。

的统一性具有自己的表现形态、媒介、机制。那么，具体落实到周作人散文中，这种"表达方式的散文式"与"表达内容的唯物性"之间的中介是什么？或者说，这种散文式与唯物性的统一性在文本中表现出来的最重要的话语方式和话语特征是什么？我认为，主要表现为：在周作人散文中存在着大量对"知识"的引述与言说，这些引述与言说又常常被周作人归约为一个看似浅显的概念"常识"。他曾说："我不信世上有一部经典，可以千百年来当人类的教训的，只有纪载生物的生活现象的 Biologie（生物学）才可供我们参考，定人类行为的标准。"①后来，他又在《〈一黄轩笔记〉序》里进一步阐释道："常识分开来说，不外人情与物理，前者可以说是健全的道德，后者是正确的智识，合起来就可称之曰智慧。"周作人常称自己是一个爱智者，那么，周作人是如何获得这些"常识"（知识）的呢？这些"常识"（知识）对周作人的思想生成具有怎样意义？这些"常识"（知识）在周作人散文中又是如何存在的？这种存在方式又是如何体现出独特的审美价值呢？因此，对周作人散文中"知识"的引述与言说之追踪，是我们的研究能够拾级而上的"基石"。

一、知识之美

阅读周作人散文，给我直接的审美感触并不是常说的"浮躁凌厉"或"闲适平淡"，而是触目皆是的广征博引。周作人在散文中所表现出来的气象之开阔、见识之广博、文献之熟稔，令人钦佩不已。他在散文中多方征引，似乎信手拈来，但无不恰到好处。对此，曹聚仁在一篇题为《苦茶》的文章中，曾引述朱自清的一段评论："有其淹博的学识，就没有他那通达的见地，而胸

---

① 周作人：《祖先崇拜》，《谈虎集》，石家庄：河北教育出版社，2002年。

中通达的，又缺少学识，两者难得如周先生那样兼全的。"可见朱、曹两人对周作人散文创作的这一特点的推崇。这里，我仅选择两个散文系列为例来加以说明。

（一）"草木虫鱼"系列。这一系列散文名篇的创作在周作人的创作历程中具有特殊意义，它是周作人宣称"文学无用论"之后尝试的另一种文学选择。正如他所言："我在此刻还觉得有许多事不想说，或是不好说，只可挑选一下再说，现在便姑且择定了草木虫鱼。"① 尽管如此，在"草木虫鱼"系列中，周作人还是十分隐晦地表达了自己"不想说"的苦境和"不好说"的窘境。

《金鱼》是"草木虫鱼"系列的第一篇，或许是刚尝试着创作这样文体的散文，周作人在文中对知识的展示似乎还有些生涩与节制，文中仅引用英国作家密伦关于"金鱼"的故事，更多的笔触则是回忆与联想。

但是到了第二篇《虱子》中，情况有了变化，文中仅直接引用的著作就有：罗素所著的《结婚与道德》、洛威所著的《我们是文明么》、褚人获所编的《坚瓠集》、佛经《四分律》、小林一茶的诗。通过这些旧故新典和逸闻趣事，原本令人厌恶的虱子，在周作人笔下却显得生趣盎然。作者借助人类文化史上关于"虱子"的各式各样的说法，展示了对生命的不同理解与感受。对于经历了政治血腥之后的作者来说，这种对生命的尊重和对生命的"威仪感"，确是一种心灵的慰藉。

第三篇《两株树》，写的是再平常不过的白杨与乌桕，但文本中的"白杨"与"乌桕"却大有文章可作，仅作者引用的著作就有：《古诗十九首》、谢在杭的《五杂俎》、《本草纲目》、《南史·萧惠开传》、《唐书·契苾何力传》、陆龟蒙的诗、《齐民要

---

① 周作人：《草木虫鱼·小引》，《看云集》，石家庄：河北教育出版社，2002 年。

术》、《玄中记》、《群芳谱》、张继的诗、王端履的《重论文斋笔录》、范寅的《越谚》、罗逸长的《青山记》、《蓬窗续录》、汪曰桢的《湖雅》、寺岛安良编的《和汉三才图会》。这些文献中既有关于白杨与乌桕的植物性特征的说明，又有关于这两种树的人文想象。从文章的内在审美结构来看，作者似乎更看重后者，这篇散文的审美魅力也更多是源于关于两种树的情感与想象。事实上，作者在文中极少抽象地描写"白杨"和"乌桕"，而是把关于"白杨"或"乌桕"的知识和具体的情境性时间、地点、人物联系在一起，借助"树"的话题而展示自己的情感与思考。比如，文中在引用了《越谚》《蓬窗续录》《青山记》中关于柏树的描写之后，作者说道："这两节很能写出柏树之美，它的特色仿佛可以说是中国画的，不过此种景色自从我离了水乡的故国已经有三十年不曾看见了。"细心的读者，一定可以体会到文中隐约地透露出一种对乡土的怀念和一种长期漂泊在外的怅然。从散文创作的技巧来看，周作人这种情绪的流露，似乎是一种在不经意之间勾起的情绪反应，让人觉得润物无声但又湿痕宛在。正是这种不露痕迹地从知识引述到情感抒写的巧妙过渡，才使得文中关于"树"的知识，充满了情感之思。

　　第四篇为《苋菜梗》，当我看到这个题目时，心头不免一紧，周作人究竟将如何妙手写来，才能使这种民间低贱的食物，让读者在阅读过程中能慢慢地"口舌生津"？且看文中的技巧，一开篇作者先是创设了一种特殊的情绪氛围："近日从乡人处分得腌苋菜梗来吃，对于苋菜仿佛有一种旧雨之感。"而后，就一路引述他者之言，文中引述的著作有：郭注《尔雅》、《南史·王智深传》、《南史·蔡樽附传》、《本草纲目》、《学圃余疏》、《群芳谱》、《酉阳杂俎》、《邵氏闻见录》、《菜根谭》、《醉古堂剑扫》、《娑罗馆清言》。苋菜梗原是南方平民生活中再朴实不过的食物，但在周作人写来却是酸甜苦辣，五味俱全。借助所引用的文献，作者写出了苋菜不同的品类、关于苋菜食法的让人好奇的传说、苋菜梗的不同制法等。一株苋菜梗，在生活中谁也不会多注目片刻的食物，如此写来，则充满了生活的情趣，饱含着特定的生活态度和生活意志。从这篇散文的内在情感的逻辑关系来看，作者先由从乡人处分得苋菜梗而仿佛有一种旧雨之感，进而勾起了乡俗乡土之忆。在记忆中，作者突出了乡人生活之坚忍，在文章的最后以之对照在乱世生活中青年之耽溺。这样，苋菜梗就在散文内在情感结构的演进过程中不断增加生活与人文的意味，从"食物"渐渐蜕变为情感符号、文化符号，这一过程就是这篇散文的审美建构过程。

第五篇《水里的东西》中引述的著作有：芥川龙之介的小说、柳田国男的《山岛民谭集》、冈田建文的《动物界灵异志》、《幽明录》。在周作人全部散文创作中，这可以算得上是一篇奇文，他通过对古今中外有关"河鬼"或"河伯"的传说与记录进行引述，把一种不可见的"东西"写得形象生动、趣味盎然。更关键的是，作者的态度本质上是唯物的，但这种"唯物"不是机械与冷酷的，而是充满人情与人文性的关怀。他说："是的，河水鬼大可不谈，但是河水鬼的信仰以及有这信仰的人却是值得注意的。我们平常只会梦想，所见的或是天堂，或是地狱，但总不大愿意来望一望这凡俗的人世，看这上边有些什么人，是怎么想。"这里的慨叹一方面饱含着周作人内心的一种寂寞感：也许只有这些关于不可见的东西的想象，才可能驱除自己在动荡人世间的苦痛；另一方面也饱含着周作人对现实人生的关怀。寂寞与关怀、忘却与记忆、内心与现实、乌有之乡与当下处境，在他关于"河伯"的述说中，不可思议地缠绕在一起。同时，也体现了作为一个理性主义者，周作人试图通过对子虚乌有传说进行解读，来理解信仰来源的思想基础。

《关于蝙蝠》是"草木虫鱼"系列的结响之章。文中引述的著作有：《和汉三才图会》、东京儿歌、北原白秋的《日本的童谣》、雪如女士编的《北平歌谣集》、日本《俳句辞典》、法国 Charles Derennes 所著的《蝙蝠的生活》。尽管表面上看，作者感兴趣的似乎是在于广征博引，但在艺术创造上，这篇散文仍有许多特异之处，值得我们细细推敲：首先在文体上，它是一篇书信。由于学生沈启无有感于"年来只在外面漂泊，家乡的事事物物，表面上似乎来得疏阔，但精神上却也分外地觉得亲近。偶尔看见夏夜的蝙蝠，因而想起小时候听白发老人说'奶奶经'以及自己顽皮的故事，真大有不胜其今昔之感了"，于是写信给周作人说："关于蝙蝠君的故事，我想先生知道的要多多许，写出来也定然有趣，何妨也就来谈谈这位'夜行者'呢？"沈启无信中的这一番话显然勾起周作人许多情思，唤醒了他知识储库中许多关于"蝙蝠"的传说与趣事。于是，他就以回信的方式写了这篇散文。其次，这篇散文的妙处还在于，作者没有用直接的笔触来写蝙蝠的生态，而是把更多的笔墨放在描写蝙蝠活动的背景上，通过背景传达一种融和着萧寂的微淡的哀愁之心情、败残之感和历史忧愁之情调。第三，这篇散文在艺术技巧上还有一个不动声色的细微体贴处，即作者大量引用关于"蝙蝠"的儿歌和童谣，使人不禁油然而生一种乡土之思、一种时间之思：这只"蝙蝠"始终飞翔在作者暗淡寂寞的心灵天空，从今而后，每当黄昏到来之际，这只艺术世界中的"蝙蝠"总是带来一种行将日暮的情调——或忧或愁、若明若暗的思绪，牵扯着无数读者的梦境和夜思，这就是周作人散文能够跨越时间鸿沟的审美魅力。

在创作了一系列关于"草木虫鱼"的散文之后，周作人还创作了《蚯蚓——续草木虫鱼之一》和《萤火——续草木虫鱼之二》，笔力更显苍劲，心绪更多沧桑，智识更具透彻与练达。由于篇幅的原因，此处不再展开分析。我认为，"草木虫鱼"系列一方面充分展示了周作人关于生物界事物的知识，这些知识有时寄存于传说、史书、地志民俗之中，有时寄存于文人的创作之中，无论是哪一种形态，周作人都能娓娓道来，给人以知识的启迪。另一方面，这些生物界的事物在周作人的笔下都充满情趣和生机，弥漫着一种人文色彩。最为重要的是，"草木虫鱼"系列似乎还隐约地透露出周作人内在隐秘的创作动机，即在动荡的时代中，为自己的心灵和不安找到一种可以栖居的知识与审美的住处。因此，我们就不难理解这样的一个审美现象：在"草木虫鱼"系列之中，作者常常在文章结尾处情不自禁地把所写的事物与自己的故乡、自己的儿时、自己的记忆联系在一起，由此幽幽暗暗地传达出一种淡泊、忧郁但又似乎可以把握、可以体会的乡土之思与生命之思。就散文艺术而言，如果没有这种从"知识存在"到乡土之思、生命之思的审美建构过程，那么，这些"草木虫鱼"只能是一系列科普小品或"知识小品"。

（二）"民间民俗"系列。如果说"草木虫鱼"系列展示的是周作人散文中一股独特的情感之思与对生命之感念。那么，"民间民俗"系列透露的则是周作人十分敏锐的对人世间、对人心、对凡人信仰的悲悯与同情的人文之思。就知识的审美建构方式而言，这两个系列散文的共同特征就是借助大量的文献征引和丰富的知识表述来隐曲地传达作者的内在情感与思想。

关于"民间民俗"系列散文，我首先要分析的是《无生老母的消息》。就我的阅读经验来说，这是一篇百读不厌的散文。事实上，周作人自己对此也比较得意，他在晚年写给鲍耀明的信中曾明确说这篇散文是他"敝帚自珍""至今还是喜爱"的随笔之一。在文中作者引述了刘青园的《常谈》、黄壬谷的《破邪详辩》卷三、小林一茶的随笔集《俺的春天》、茂来女士的《西欧的巫教》、柳宗元的《柳州复大云寺记》等。作者通过大量的文献引述，揭示出中国民间信仰中盛行无生老母崇拜的内在心理秘密："大概人类根本的信仰是母神崇拜，无论她是土神谷神，或是水神山神，以至转为人间的母子神，古今来一直为民众的信仰的对象。客观的说，母性的神秘是永远的，在主观的一面人们对于母亲的爱总有一种追慕，虽然是非意识的也常以早离母怀为遗恨，隐约有回去的愿望随时表现，这种心理分析的说法我想很有道理。不但有些宗教的根源都从此发生，就是文学哲学上的秘密宗教思想，以神或一或美为根，人从这里分出来，却又蕲求回去，也可以说即是归乡或云还元。"作者的这种对荒诞无稽的民间信仰之同情与理解，透露的是一种深厚的人性之体贴与人文之关怀。"五四"是一个科学与理性的时代，同样的，科学与理性是"五四"一代人最重要的思想与价值尺度。但是，有趣的是，在"五四"一代人中，常常充满着对"非科学""非理性"的关注与关怀。比如，鲁迅就曾在《破恶声论》中大胆地宣称："夫人在两间，若知识混沌，思虑简陋，斯无论已；倘其不安物质之生活，则自必有形上之需求……虽中国志士谓之迷，而吾则谓此乃向上之民，欲离是有限相对之现世，以趣无限绝对之至上者也。人心必有所冯依，非信无以立，宗教之作，不可已矣……伪士当去，迷信可存，今日之急也。"①鲁迅的这段话，实为周作人之先声。我认为，这种悖论式的精神结构值得我们深思：人性的复杂和内心之奥秘常常是清晰而明确的"科学"与"理性"尺度所揭示不了的，人们要揭示人性内在的"暗物质"，需要的是一种体验、同情与理解。尽管这是一种悖论，但恰恰是这种独特的精神结构，才构成"五四"一代人精神世界的宽广与深邃，以及

①　鲁迅：《鲁迅全集》（第八卷），北京：人民文学出版社，1981年。

科学与人性、理性与人道、精英与民间等因素共生共融的复杂格局，也正是这种独特的精神格局深刻地影响了这一代作家创作的人文情怀。

就周作人散文而言，这种情怀在《鬼的生长》一文中就体现得相当饱满。在这篇散文中尽管关于"鬼的生长"一事看似荒诞不经，但作者仍一本正经地大量引述古今中外关于"鬼的生长"的说法，仅引述的文献就有：纪昀的《如是我闻》、邵伯温的《闻见录》、俞曲园的《茶香室三钞》、钱鹤岑的《望杏楼志痛编补》等。在理性上，周作人并不相信有关"鬼的生长"的说法，但在内心深处，在人情的体贴上，在人性的理解上，他则希望有其事，正如他所言："我不信鬼，而喜欢知道鬼的事情，此是一大矛盾也。虽然，我不信人死为鬼，却相信鬼后有人，我不懂什么是二气之良能，但鬼为生人喜惧愿望之投影则当不谬也。陶公千古旷达人，其《归园田居》云，'人生似幻化，终当归空无。'《神释》云：'应尽便须尽，无复更多虑。'在《拟挽歌辞》中则云：'欲语口无音，欲视眼无光，昔在高堂寝，今宿荒草乡。'陶公于生死岂尚有迷恋，其如此说于文词上固亦大有情致，但以生前的感觉推想死后况味，正亦人情之常，出于自然者也。常人更执着于生存，对于自己及所亲之翳然而灭，不能信亦不愿信其灭也，故种种设想，以为必继续存在，其存在之状况则因人民地方以至各自的好恶而稍稍殊异，无所作为而自然流露，我们听人说鬼实即等于听其谈心矣。"说鬼谈虚，是中国传统士人的乐趣之一。苏东坡式的姑妄言之、姑妄听之的态度，是周作人比较欣赏的，其中有超功利的意味。我想，如果在超功利的态度之中，能融进"听人说鬼实即等于听其谈心"的关怀，那么，流传在中国民间的许多事物都可以成为谈论的对象，都可以获得一种人文化的理解，这已不是一种简单的民间立场，更重要的是一种人文的立场。正如周作人所言："传说上李夫人杨贵妃的故事，民俗上童男女死后被召为天帝使者的信仰，都是无聊之极思，却也是真的人情之美的表现：我们知道这是迷信，但我确信这样虚幻的迷信里也自有其美与善的分子存在。这于死者的家人亲友是怎样好的一种慰藉，倘若他们相信……"科学之知识因为有了这种情感的浸润，将在无声之中蜕去其坚硬的外壳，焕发其柔和的思想之光；理性之内核因为有了这种人文之思，才显得更加人道、更加人性；人生的幻灭之痛、生命的今昔存殁之感、灵魂有无的疑惑等不幸，因为有了这种人文之思，似乎可以获得少许的慰藉和感怀。

必须指出的是，这种人文之思并没有减弱周作人散文中"民间民俗"系列散文的坚实而锐利的理性内核。唯理与求真的维度仍然是周作人永不放弃的解剖之刀。比如，《关于雷公》一文，作者对有关"雷公"的民间传说进行广征博引，仅直接引述的文献就有：《寄龛全集》、俞蛟的《梦厂杂著》、汪鼎的《雨韭庵笔记》、汪琠的《松烟小录》与《旅谭》、施山的《姜露庵笔记》、王应奎的《柳南随笔》、王充的《论衡》、桓谭的《新论》、谢在杭的《五杂俎》、日本 14 世纪的"狂言"里的《雷公》和日本滑稽小说《东海道中膝栗毛》等。在这些古今中外不同的关于"雷公"的说法中，作者重点选取其中的"阴谴说"来加以批判，他追问道："阴谴说——我们姑且以雷殛恶人当作代表，何以在笔记书中那么猖獗，这是极重要也极有趣的问题，虽然不容易解决。中国文人当然是儒家，不知什么时候几乎全然沙门教（不是佛教）化了，方士思想的侵入原也早有……"从中国民间关于"雷公"的说法，可以看出传统儒家文化在历史流变过程中，其理性的内核是如何受到萨满教与方士思想的侵蚀，从而破坏了它的内在健全性。在《关于雷公》一文中，作者所运用的这种文化人类学式的考论，可以说是周作人"民间民俗"系列散文的文化批评的基本维度。在文章的结尾，作者还从中日两国民间对"雷公"的不同说法中，比较出两国国民不同的文化心理结构："日本国民更多宗教情绪，而对于雷公多所狎侮，实在却更有亲近之感。中国人重实际的功利，宗教心很淡薄，本来也是一种特点，可是关于水火风雷都充满那些恐怖，所有纪载与说明又都那么惨酷刻薄，正是一种病态心理，即可见精神之不健全……日本庶几有希腊的流风余韵，中国文人则专务创造出野蛮的新的战栗来，使人心愈益麻木痿缩，岂不哀哉。"这种对中外"民间民俗"所表现出来的深层国民文化心理结构差异性的关注，是周作人"民间民俗"系列散文的重要主题之一。关于这一主题的理性考量，甚至深刻地影响了周作人日本研究的转向。比如，在《关于祭神迎会》一文中，作者引述柳田国男的《日本之祭》、张岱的《陶庵梦忆》、范寅的《越谚》等文献，充分比较中日民间的祭神迎会的不同风俗，展示了一幅幅生动而具体的民间祭神迎会的风俗画。但作者真正的比较目的却在于通过这一幅幅的风俗画，进而把握中日民间文化心理结构的差异之所在。他说："日本国民富于宗教心，祭礼正是宗教仪式，而中国人是人间主义者，以为神亦是为人生而存在者，此二者之间正有不易渡越的壕堑。"在这里，关于民间民俗的知识或记忆从具体的历史形态深化为充满理性判断力和深邃感的历史与文化智慧，在这种历史与文化智慧的观照之中，知识、文化或记忆成为一种有意味的存在。散文中大量的关于民间民俗知识的引述，也在无形之中深化为一种文化批评或文明批评的话语方式，进而揭示出在它的深层隐藏着民族的、文化的、历史的深刻差异性，正是抓住差异性，并加以进行透彻的理性分析和文化人类学的考论，才使得周作人散文具有一种逼人的智性之锋芒。

生命之感、人文之思与智性之锋芒，构成了周作人散文中知识之美的三种面相。尽管在分析过程中，我们对这三种面相加以分别论述，但事实上，在周作人散文中这三种面相常常是融合在一起的，正是这种交融共生的形态，构成周作人散文独特的、变幻的、摇曳多姿的审美风格。

二、知识之源

读书人常感慨人生有限，学海无涯。浩如烟海的古今中外典籍，以有限的生命根本无法穷尽。人生历程就如白驹过隙，转瞬即逝。尽管生命是如此的短暂和渺小，但求知的好奇心与探索的意志一直在推动着人类阅读、思考的步伐，这就是思想的力量，也是思想的伟大之处。

当我们钦佩周作人知识广博的同时，也不免会追问：周作人散文中这种广博的知识是如何获得的？这就不得不提到一个概念："杂学"。我认为，在周作人那里，"杂学"不仅仅是一种阅读方式或者说获取知识的方式，更是一种具有价值意义的知识立场和文化建构的理念。周作人曾在一篇题为《我的杂学》的具有自传性的文章中，对自己的"杂学"做了概括，共计十八类：（一）古文；（二）小说；（三）古典文学；（四）外国小说；（五）希腊神话；（六）神话学；（七）文化人类学；（八）生物学；（九）儿童学；（十）性心理学；（十一）蔼理斯的思想；（十二）医学史与妖术史；（十三）乡土研究与民艺；（十四）江户风物与浮世绘；（十五）川柳落语与滑稽本；（十六）俗曲与玩具；（十七）外国语；（十八）佛经。[①]对一个常人而言，一生中

---

① 周作人：《我的杂学》，《苦口甘口》，石家庄：河北教育出版社，2002年。

若能钻研这十八类中任何一个门类，都足以成就一门大的学问。令人惊讶的是，周作人在这十八类杂学中都有自己的心得、自己的发现。这些心得与发现都内在地构成了他多元化的知识结构中的一个要素，形成了周作人独具特色的知识之源。对于今天的研究而言，只是简单地排列这十八类知识形态是没有意义的。在这里，有些问题值得我们提出来加以分析。

（一）周作人式的知识分类是随意的吗？如此分类的内在根据是什么？现代分类学的研究告诉我们：对知识的分类是现代学科知识的理性化、系统化的重要标志。中国传统学术关于知识分类及其系统，不仅有一套成熟的分类体系，而且有其内在的逻辑方式，即所谓的"四部之学"。它的确切含义，指的是由经、史、子、集四部为框架而建构的一套包括众多知识门类、具有内在逻辑关系的知识系统，并以《四库全书总目》之分类形式得以最后确定。到了晚清时期，"四部之学"的知识系统在西学东渐大潮的冲击下，不断解体与分化。①我认为，作为"五四"一代的历史人物，周作人不仅置身在这一知识系统从传统向近代转型的历史过程中，而且切身体察到这一知识系统的分类方式转型的现代性意义，并分享这种转型过程所带来的知识分类的崭新的自由感。这是我们在分析"五四"一代历史人物的知识结构形成时，不能不看到的特异之处。值得一提的是，关于"五四"知识分子的知识结构和知识背景，现已渐渐引起一些研究者的重视。

（二）这十八类的知识形态有主流、正统的知识话语，但更多的是一种非主流、非正统的知识话语。我认为，后者对建构周作人独特的文化身份具有十分重要的意义。著名哲学家福柯在

---

① 关于"四部之学"，主要参考左玉河：《从四部之学到七科之学——学术分科与近代中国知识系统之创建》，上海：上海书店出版社，2004年，第4页。

《知识考古学》一书中，令人信服地揭示了知识与权力之间的复杂而微妙之关系，当然，这里所说的"知识"不局限于科学知识本身，它不是具体地指实证科学中的某一个分支，而是指不同时代知识的构架（结构、形状、组织、体制等），换句话说，不是表面的知识而是深度的知识，不是做什么而是怎么做，或做的规则。① 按照福柯的这一理论发现，任何一种知识话语的表述和分类方式都受制于特定时代的权力结构，在某种意义上说，表述方式越清晰，分类方式越严整，意味该话语系统被监禁、规训、强制的力度越严厉，也意味着对他者的排斥、指责、抑制的可能性越强大。② 因此，传统的知识系统及其分类，事实上在其深层乃体现为一种潜在的权力结构，它规定了什么是正统、主流的价值，什么是知识者应遵循的表达规范。其目的只有一个，就是强制地向人们灌输一种权力结构所认可的"正确"的说话方式。这样的一套知识系统及分类就可能把大量其他的知识形态排除在外，其结果则限制了一个民族对知识新领域的冒险和对新知识的好奇心、创造力。③ 因此，我认为，周作人这一独特的分类方式看似随意，但内在仍有其现代性的知识分类的意义。行文到此，有一个相关的问题就自然地浮现出来：在"五四"一代作家的观念中，文体的界限是相当自由的。事实上，"五四"之后盛行的越来越清晰与明确的文体概念和文体分类方式，对创作的自由与想象力的解放都是一种束缚。对此，周作人是十分敏感的，以至于到了 20 世纪 40 年代，他还在提倡一种文体与思想都很驳杂的文体。

---

① 谢地坤主编：《西方哲学史·第七卷（下）》，南京：凤凰出版社、江苏人民出版社，2005 年，第 1044 页。

②③ 谢地坤主编：《西方哲学史·第七卷（下）》，南京：凤凰出版社、江苏人民出版社，2005 年，第 1044~1045 页。

当然，周作人能形成这种"杂学"式知识结构，不仅经历了漫长的积累过程，而且从中生成了相当个人化的经验。关于这种知识结构的形成过程与内在经验的形态学分析，对我们探讨"五四"一代知识分子的思想生成方式及其复杂过程有十分典型的意义。周作人曾以其一贯自谦而又不无自信的口吻，多次谈及这一经验。比如，在《我学国文的经验》中他说道："我到十三岁的年底，读完了《论》《孟》《诗》《易》及《书经》的一部分。'经'可以算读得也不少了，虽然也不能算多，但是我总不会写，也看不懂书，至于礼教的精义尤其茫然，干脆一句话，以前所读之经于我毫无益处，后来的能够略写文字及养成一种道德观念，乃是全从别的方面来的。总结起来，我的国文的经验便只是这一点，从这里边也找不出什么学习的方法与过程，可以供别人的参考，除了这一个事实，便是我的国文都是从看小说来的……倘若看几本普通的文言书，写一点平易的文章，也可以说是有了运用国文的能力。现在轮到我教学生去理解国文，这可使我有点为难，因为我没有被教过这是怎样地理解的，怎么能去教人。如非教不可，那么我只好对他们说，请多看书。小说，曲，诗词，文，各种；新的，古的，文言，白话，本国，外国，各种；还有一层，好的，坏的，各种：都不可以不看，不然便不能知道文学与人生的全体，不能磨炼出一种精纯的趣味来。"[1]在周作人这段话里，有几点需要分析：（一）周作人认为自己的国学经验是得自"经外"，这显然是一种完全有别于传统的知识生成方式，它呈现的是一个处于知识系统的、从传统向近代转型过程中的中国知识分子的特殊的思想与知识之路。反过来说，正是这种特殊的知识之路才可能建构起这一代人的有别于传统的现代性的思

① 周作人：《我学国文的经验》，《谈虎集》，石家庄：河北教育出版社，2002 年。

想与理论视野。（二）在传统知识系统中被排斥在外的"知识类型"，如小说、杂书、俗曲等，在周作人的阅读构成中却成为主导形态。当然，周作人的知识之路是否真的像事后回忆那样一路通畅呢？这是值得怀疑的问题，但有一点必须肯定，这样的知识生成方式必然会萌生出不同于按部就班的思想方法和文化想象力。正如福柯所揭示的那样："不同文明时代种种话语霸权——这话语的词序与事物或做事情的秩序是同构的。制度与语法是同构的，它们之间的联结很简单，只是通过话语。"① 也就是说，如果话语一旦发生变迁或断裂，则就意味着文明史的断裂，在这样的语境中，人们突然不像从前那样说话了，老辈人听不懂小辈人说话了。② 那么，人们又是如何真正地感受到这种断裂及其深刻意义呢？研究者又是如何分析这种文明史的断裂呢？在福柯看来："问题的关键在于，说话人或写作者是否具有建立新关系的能力——能否想到新的关系，这是一种新的启蒙。辨别说话的能力，最简单的办法是观察说出不同语言用法的能力，用不同时代、不同人、不同学科、不同性质的文体交互说话的能力，把具有不同相貌和排列方法的语言重新组合的能力，使别人无法为你说出来的话语归类的能力。"③ 如果我们把福柯的理论逻辑运用到对周作人知识生成方式的分析上，就可以看出，周作人得自"经外"与阅读小说的知识生成方式，给予他丰富的、多样性的、关系的、差异的、距离的弥漫性知识空间，他思想的创造力、想象力与解构力也就在这弥漫的自由的知识空间中充分迸发出来。我认为，这种知识之路对反思当下的文学教育与人文教育不失为一

---

① 谢地坤主编：《西方哲学史·第七卷（下）》，南京：凤凰出版社、江苏人民出版社，2005 年，第 1048 页。

②③ 谢地坤主编：《西方哲学史·第七卷（下）》，南京：凤凰出版社、江苏人民出版社，2005 年，第 1048~1049 页。

种有价值的资源。

　　周作人对自己的这种知识之路颇为看重，在前前后后的许多文章中，他都有意识地谈到类似的体会："我的国文读通差不多全靠了看小说，经书实在并没有给了什么帮助，所以我对于耽读小说的事正是非感谢不可的。"① "我学国文的经验，在十八九年前曾经写了一篇小文，约略说过……干脆一句话，以前所读之经于我毫无益处，后来的能够略写文字及养成一种道德观念，乃是全从别的方面来的。关于道德思想将来再说，现在只说读书，即是看了纸上的文字懂得所表现的意思，这种本领怎么学来呢？简单的说，这是从小说看来的。"② 小说真的具有像周作人所说的如此巨大的功能吗？这是我们不得不提出的疑问。因为在传统的知识系统中，小说根本不是"学问"。换言之，关于小说的阅读，对周作人的知识生成究竟具有一种怎样的功能呢？这是我们要回答的问题。在传统的阅读构成中，小说历来被视为"闲书"，正统教育是不允许学童阅读小说的。但有趣的是，人们对小说的兴趣却是无法遏制的，在某种意义上说，它深深地植根于人类的天性，正如周作人所经常引用的刘继庄《广阳杂记》中的一段话所言："余观世之小人未有不好唱歌看戏者，此性天中之《诗》与《乐》也。未有不看小说听说书者，此性天中之《书》与《春秋》也。未有不信占卜祀鬼神者，此性天中之《易》与《礼》也。"只有这样源于天性的知识形态，才可能生成像周作人所说的历久弥新的情感吸引力。那么，传统小说的吸引力又源自何处呢？我认为，主要的缘由在于：传统小说在文化功能上，由于与底层经

---

① 周作人：《小说的回忆》，《知堂乙酉文编》，石家庄：河北教育出版社，2002年。

② 周作人：《我的杂学》，《苦口甘口》，石家庄：河北教育出版社，2002年。

验、民间经验紧紧联结在一起，使得这一文体承载着许多现实的、感性的生活材料和思想材料，这对一个正在成长中的思想与心灵来说，犹如汲取到充满活力的生活之源；另一方面，传统小说在思想价值上，又常常表现为一种朴实的道德感或价值关怀，由于这种道德感与价值关怀没有经受官方的正统的知识权力的删剪，它更多表现出独有的多义性、歧义性，这为心灵与思想的自由抉择提供一种难得的考验机会。当然，最重要的是，传统小说的想象方式与话语方式所传达出来的"狂欢"化文化想象力和文化激情，带给读者的是一种解放的力量，一种成长的力量，一种无所畏惧的探索勇气。

　　事实上，在周作人的阅读史上，小说阅读仅仅是阅读之开场或者说只是阅读构成的一小部分，除此之外，他还有许多的择取。比如，他在《关于竹枝词》一文中就明确说道："不佞从小喜杂览，所喜读的品类本杂，而地志小书为其重要的一类，古迹名胜固复不恶，若所最爱者乃是风俗物产这一方面也。"[①]他曾把自己的这种读书方法称为"非正宗的别择法"。他说道："这个非正宗的别择法一直维持下来，成为我搜书看书的准则。这大要有八类。一是关于《诗经》《论语》之类。二是小学书，即《说文》《尔雅》《方言》之类。三是文化史料类，非志书的地志，特别是关于岁时风土物产者，如《梦忆》，《清嘉录》，又关于乱事如《思痛记》，关于倡优如《板桥杂记》等。四是年谱日记游记家训尺牍类，最著的例如《颜氏家训》，《入蜀记》等。五是博物书类，即《农书》《本草》，《诗疏》《尔雅》各本亦与此有关系。六是笔记类，范围甚广，子部杂家大部分在内。七是佛经之一部，特别是旧译《譬喻》《因缘》《本生》各经，大小乘戒律，代

　　① 　周作人：《关于竹枝词》,《过去的工作》, 石家庄：河北教育出版社，2002 年。

表的语录。八是乡贤著作。我以前常说看闲书代纸烟，这是一句半真半假的话，我说闲书，是对于新旧各式的八股文而言，世间尊重八股是正经文章，那么我这些当然是闲书罢了，我顺应世人这样客气的说，其实在我看来原都是很重要极严肃的东西。重复的说一句，我的读书是非正统的。因此，常为世人所嫌憎，但是自己相信其所以有意义处亦在于此。"①值得注意的是，这里提到了"非正宗的别择法"。那么，所谓的"正宗"（"正统"）又是什么？当然是中国传统读书人视为"大经大法"的经典。与中规中矩的正统阅读方式不同，非正统的选择带给周作人一种非正统的阅读经验。就周作人所提到的许多阅读种类来看，虽然并不全是传统知识系统中的异端，但确实有很大部分是长期被正统知识系统视为"闲书"或不入流之读物。我认为，这种离经叛道的阅读经验为周作人打开了新的知识视野，尽管这种开辟并不以有意识地颠覆传统知识结构为目的，但至少给予周作人另一种眼光，以打量传统知识的正统性。这种独特的阅读经验和阅读方式，在"五四"一代人的成长过程中都有十分典型的表现，比如，周作人就说鲁迅"从小喜欢'杂览'，读野史最多，受影响亦最大"。我认为，从阅读构成与阅读结构的视角来分析中国现代思想史的形成与发展，不失为一种有价值的研究视角。更重要的是，我们要看到，当周作人描述自己的这种非正统的选择时，在其所表现出来的自信和自得的语调背后，充满着一种冲破正统知识藩篱的快感和自由感，这对于我们这一代人日益学院化、规范化的阅读想象、阅读情境来说，真是一种久违的感觉，一种清新而有活力的感觉。

尽管周作人在许多地方都自谦地强调自己的"自然科学的知

① 周作人：《我的杂学》，《苦口甘口》，石家庄：河北教育出版社，2002年。

识很是有限，大约不过中学程度罢，关于人文科学也是同样的浅尝，无论那一部门都不曾有过系统的研究"。但必须指出，周作人的杂学并非泛滥无归，他有自己内在的标准。对此，他曾在《苦竹杂记·后记》中有过一段明确的表述："来书征文，无以应命。足下需要创作，而不佞只能写杂文，又大半抄书，则是文抄公也，二者相去岂不已远哉。但是不佞之抄却亦不易，夫天下之书多矣，不能一一抄之，则自然只能选取其一二，又从而录取其一二而已，此乃甚难事也。"① 接着，他十分肯定地谈到自己的选择标准："因此我看书时遇见正学的思想正宗的文章都望望然去之，真真连一眼都不瞟，如此便不知道翻过了多少页多少册，没有看到一点好处，徒然花费了好些光阴。我的标准是那样的宽而且窄，窄时网不进去，宽时又漏出去了，结果很难抓住看了中意，也就是可以抄的书。不问古今中外，我只喜欢兼具健全的物理与深厚的人情之思想，混和散文的朴实与骈文的华美之文章，理想固难达到，少少具体者也就不肯轻易放过。"这段话经常被研究者所引述，它明确传达出周作人选择的标准。我们常常惊喜"开卷有益"，又往往慨叹"沙多金少"，这两种情形看似矛盾其实统一，其关键在于阅读者自身所具有的学识、判断力、鉴别力。正如周作人在《情诗》《猥亵论》《沉沦》《文学与道德》以及《净观》等文章中反复强调的那样，阅读要有三种态度：艺术地自然、科学地冷淡、道德地洁净。周作人自身就实践着这三种态度，其中关于物理与人情，始终是周作人论世知人、衡史论文的坚定不移的立足点，也是周作人进行文明批评和社会批评的基本尺度。

　　周作人曾以选读笔记为例，谈到自己对标准的坚持："简单的说，要在文词可观之外再加思想宽大，见识明达，趣味渊雅，

① 周作人：《后记》，《苦竹杂记》，石家庄：河北教育出版社，2002年。

懂得人情物理，对于人生与自然能巨细都谈，虫鱼之微小，谣俗之琐屑，与生死大事同样的看待，却又当作家常话的说给大家听，庶乎其可矣。"①在这段话的意思中有两个关键词，就是"情理"与"常识"，这也是周作人对选择标准的最简要概括。然而，究竟什么是"情理"呢？对此，周作人曾有过自己的解释："我觉得中国有顶好的事情，便是讲情理，其极坏的地方便是不讲情理。随处皆是物理人情，只要人去细心考察，能知者即可渐进为贤人，不知者终为愚人，恶人。"②显然，这里所谓的"情理"，是指一种根据科学理性与人性要求的生活态度、生活立场和生活价值。这种生活态度、生活立场和生活价值由于受到旧传统的规范、道德约束以及知识权力的规训，变得十分单一、狭窄，乃至残酷无情。这种情形不利于中国人心灵与中国文化的健全与宽容的养成，也在一定程度上扼杀文化与心灵的成长的自由感。因此，在周作人看来，提倡"情理"就显然十分的必要。什么是"常识"呢？按周作人的解说："常识乃只是根据现代科学证明的普通知识，在初中的几种学科里原已略备，只须稍稍活用就是了。"③这种对"常识"的重视，我认为，是来自周作人对伦理自然化的内在要求。周作人曾说过："中国须有两大改革，一是伦理之自然化，二是道义之事功化。"④且不说周作人在20世纪40年代说这番话时是否有替自己"落水"做辩解的真实心意，但是，关于伦理之自然化，确实是一种现代的科学理性，它对中国传统文化的现代转换具有重要的思想价值。五四新文化运动期间，曾发生了一场关于"科学与玄学"的人生观大论战，对这一

---

①　周作人：《谈笔记》，《秉烛谈》，石家庄：河北教育出版社，2002年。
②　周作人：《情理》，《苦茶随笔》，石家庄：河北教育出版社，2002年。
③　周作人：《常识》，《苦竹杂记》，石家庄：河北教育出版社，2002年。
④　周作人：《道义之事功化》，《知堂乙酉文编》，石家庄：河北教育出版社，2002年。

论战的内在文化理路的分析，目前学术界做得并不充分，我认为，只有把这一论战放置在中国文化的大传统、大语境之中，才能发现其真实面相。中国传统文化中存在着一个奇怪现象：即常常把自然问题伦理化，伦理问题玄学化，形成科学与玄学缠绕而纠结的复杂结构。自然问题的伦理化，就造成一味地抬高道德的诉求与伦理的规范，反过来也就遮蔽了人们对自然的探求。对自然的无知，从某种意义上说，就是对自身的无知。在这种无知情况下所产生的知识及想象必然是一种道德化的解说，并且，在具体的知识实践过程中，必然会把这种道德化的解说意识形态化地体现为一种律令式的主观意志，其结果就是产生了大量唯意志论的行为。因此，对于"常识"的呼唤，成为建立一个理性社会所必须具备的最低标准。

对于"情理"与"常识"的关注和提倡，体现了周作人作为一个中国启蒙思想家的中国文化之立场，以及他对中国文化缺失性的深入理解。尽管他提出的"情理"与"常识"的标准是如此之微小与浅显，但能深刻地切中时弊。直到今天，"情理"与"常识"的健全仍是中国文化良性成长的重要基础。

三、知识之刃

从阅读经验到知识生成，再到知识的再创造，这是一个复杂的心智运作过程，因为有了阅读经验并不等于具备了内在判断力的知识生成。同样的，知识生成若想获得自我更新、自我实现的力量，就必须把它自身还原到具体的现实、经验或历史语境中加以考量，以磨砺其分析问题的锋芒。这一过程并不是在所有的读书人身上都能获得实现，只有坚持在具体复杂的历史或经验世界中去思考与实践，这种知识生成所内在的意义与功能，才可能上升成为一种智慧或者一种独到的眼光和视野。天下读书人多矣，但有智慧的人却难得一见，这不免让人沮丧。周作人是如何做到了这一智慧的展现呢？这让人羡慕，也让人深思。我认为，周作人在这方面的智慧表现具有许多的方式，但其中最重要的是他确立了知识生成和再创造过程的历史理性和批判维度。在这种历史理性和批判维度中，他共时性地并置了现实与历史、经验与理论、个别与普遍之间的矛盾性，并在这种矛盾性的文化冲突和裂缝中找到批判的意义与立场。周作人的这种寻找是一种批判性的寻找，是一种对矛盾性的深度解构与翻转，从而让事物显现其长期被遮蔽了的另一种面目。当然，我们并不是说任何的翻转或解构都是新的发现。就本文所讨论的问题而言，这种独特的解构性以及解构性所具有的批判维度，带给周作人以十分锐利而独到的知识之刃。

这首先表现在周作人形成了对历史人物迥异时论的评价眼光。比如，他对顾炎武的评价就是一个突出的例子。顾炎武在明末清初思想界的地位，世所推崇。有清一代，许多学者都视其为开一代学风的大儒。近代学人梁启超、钱穆分别在《清代学术概论》《中国近三百年学术史》等著作中对其颂扬有加。关于这一点，周作人不可能不知道，但他却有自己的评价。他说："这里我最觉得奇怪的是顾亭林《日知录》，顾君的人品与学问是有定评的了，文章我看也写得很干净，那么这部举世推尊的《日知录》论理应该给我一个好印象，然而不然。我看了这书也觉得有几条是好的，有他的见识与思想，朴实可喜，看似寻常而别人无能说者，所以为佳，如卷十三中讲馆舍，街道，官树，桥梁，人聚诸篇皆是。但是我总感到他的儒教徒气，我不非薄别人做儒家或法家道家，可是不可有宗教气而变成教徒，倘若如此则只好实行作揖主义，敬鬼神而远之矣。《日知录》卷十五《火葬》条下云：'宋以礼教立国而不能革火葬之俗，于其亡也乃有杨琏真伽之事。'这岂不像是庙祝巫婆的话。卷十八《李贽》《钟惺》两条很明白的表出正统派的凶相。"①在这里，关于周作人对《日知录》正面的评价，暂且不论。但我却有一个疑问：为什么周作人会指责《日知录》有"儒教徒气"，有"正统派的凶相"呢？难道周作人不能理解《日知录》写作的历史语境吗？在明清之际易代的文化语境中，明末清初的士人笔下常常出现"戾气""躁竞""气矜""气激"等字样，正如赵园先生所言："以'戾气'概括明代尤其明末的时代氛围，有它异常的准确性。而'躁竞'等等，则是士处此时代的普遍姿态，又参与构成着'时代氛围'。"以周作人对这些士人的阅读，他一定能体会到这种"时代氛围"和在这种"时代氛围"中士人的内心苦衷。②但是，一旦体察到在这种"时代氛围"中士人心灵世界的不宽容，周作人就会下意识地联系到自身的语境。因此，周作人对《日知录》的解读，总会让人联想到他对左翼文化的态度。我认为，这种潜在的情感逻辑正是周作人形成特殊的文化解读向度的内在原因。

　　与评价顾炎武不同，周作人对傅青主、刘继庄、刘青园、郝兰皋等人则给予了较高的评价。他在《关于傅青主》一文中对"傅青主"这位"向来很少人注意"的明朝遗老的"特别的地方"进行了全面的评价："他的思想宽博，于儒道佛三者都能通达，故无偏执处。""渔洋的散文不无可取，但其见识与傅颜诸君比较，相去何其远耶。""我们读全谢山所著《事略》，见七十三老翁如何抗拒博学鸿词的征召，真令人肃然起敬。古人云，姜桂之性老而愈辣，傅先生足以当之矣。文章思想亦正如其人，但其辣

　　①　周作人：《谈笔记》，《秉烛谈》，石家庄：河北教育出版社，2002年。
　　②　关于明清之际易代文化语境的讨论，主要参考赵园：《明清之际士大夫研究》，北京：北京大学出版社，1999年，第4页。

处实实在在有他的一生涯做底子。"①傅青主是明末清初思想界的一位奇人，他"博及群书""道兼仙释"，却又"一意孤行"。尽管梁启超把他与顾、黄、王、李、颜并称"清初六大师"，但是，思想史和学术史上对他进行全面地认识与评价并不多见，因此，周作人的这篇文章确有特殊的学术价值。在这篇文章中周作人还说到刘继庄可以与傅青主相比，那么，刘继庄又是何许人也？周作人看重他的又是什么呢？周作人说道："继庄颖悟绝人，博览，负大志，不仕，不肯为词章之学，又云，生平志在利济天下后世，造就人才，而身家非所计。其气魄颇与顾亭林相似，但据我看来，思想明通，气象阔大处还非顾君所能企及。"②周作人在文中还对刘继庄的"气度之大，见识之深"多加赞扬，他说："大抵明季自李卓吾发难以来，思想渐见解放，大家肯根据物理人情加以考索，在文学方面公安袁氏兄弟说过类似的话，至金圣叹而大放厥词，继庄所说本来也沿着这一条道路，却因为是学者或经世家的立场，所以更为精深。"③他最后说道："紫庭所说横绝宇宙之胸襟眼界正是刘继庄所自有的……盖其心廓然大公，以天下为己任，使得志行乎时，建立当不在三代下，这意见我是极为赞同的。虽然在满清时根本便不会得志，大概他的用心只在于养成后起的人而已吧……清季风气一转，俞理初蒋子潇龚定庵戴子高辈出，继庄的学问始再见重于世。"④我们引述的这些高度评价，在周作人一贯节制的笔下是十分难得的，可见周作人对刘继庄之心仪。

明清之际处于一个易代的、动荡的历史文化语境中，在这样

---

①　周作人：《关于傅青主》，《风雨谈》，石家庄：河北教育出版社，2002年。

②③④　周作人：《广阳杂记》，《立春以前》，石家庄：河北教育出版社，2002年。

的语境之中，一方面，中国传统知识分子陷入极度的精神危机中，纠结于内心的危机意识，一旦无法驱除，就会不断刺激士论的声调，这样就难免有苛责之言，诛心之论。但这些士论又是一把双刃剑，它既刺中时弊，却又自伤锐气，正如钱谦益在《〈施愚山诗集〉序》中所亲身感受到的那样："兵兴以来，海内之诗弥盛，要皆角声多，宫声寡；阴律多，阳律寡；噍杀恚怒之音多，顺成啴缓之音寡。繁声入破，君子有余忧焉。"这话说得多么激切而沉痛。另一方面，易代的语境也促使某些有责任感的知识分子进行深度的历史反思，努力寻找明代灭亡的历史原因。当然，所有的这些寻找都是一种历史后设，只不过在明清之际，这种的历史探索与反思尤其显得悲壮与悲凉，也特别能显示出中国传统文化中"士"的精神血脉。因此，在明清易代的特殊历史时期，顺理成章地出现了一个蔚为壮观的历史文化现象：即这一时期出现了一大批特别有个性、有思想、有决断力的思想人物，如顾炎武、王夫之、黄宗羲等，他们展示了中国传统士大夫处在危机处境时的精神风采和精神向度。从思想话语的生成语境来解读这一思想史现象，也许能窥见一斑。在这一时期，由于出现了众多复杂的、惨痛的历史事件与历史事变，这就为士论提供了无数可以阐释言说的空间，在不同的阐释言说过程中，不仅表现了士大夫们各自不同的文化观念、文化立场，也展示了各自不同的精神选择和人格气节。我认为，周作人在散文中为什么较多地选择这一时期的历史人物加以评价并形成自己的评价方式，也可以从这方面找到其内在原因：周作人始终把他自己所处的时代认为是近似明末，他在《历史》一文中不无暗淡地说道："假如有人要演崇弘时代的戏，不必请戏子去扮，许多脚色都可以从社会里去请来，叫他们自己演。我恐怕也是明末什么社里的一个人。"正是出于这种悲观的历史宿命论，周作人内心才有一种自我拯救的自觉。他一方面担心着"故鬼重来"的陷阱，另一方面又努力在历史中寻找回避的智慧。在某种意义上说，他试图追踪前贤的思想与个性，其最深层的精神诉求就是为自己的当下生存，为自己的安身立命找到一种现实选择的合理依据。

当然，在周作人对中国传统士人的评价中，有三个人物尤其引人注目，即他所常常标举的中国思想界三盏"明灯"：李贽、俞理初、王充。我们首先来看周作人是如何评价李贽的？周作人说道："我说中国思想界有三贤，即是汉王充，明李贽，清俞正燮，这个意见玄同甚是赞同的。我们生于衰世，却喜尚友古人，往往乱谈王仲任李卓吾俞理初如何如何，好像都是我们的友朋，想起来未免可笑，其实以思想倾向论，不无多少因缘，自然不妨托熟一点。三贤中唯李卓吾以思想得祸，其人似乎很激烈，实在却不尽然，据我看去他的思想倒是颇和平公正的，只是世间历来的意见太歪曲了，所以反而显得奇异，这就成为毁与祸的原因。思想的和平公正有什么凭据呢？这只是有常识罢了，说得更明白一点便是人情物理。懂得人情物理的人说出话来，无论表面上是什么陈旧或新奇，其内容是一样的实在，有如真金不怕火烧，颠扑不破，因为公正所以也就是和平。""我曾说看文人的思想不难，只须看他文中对妇女如何说法即可明了……李卓吾的思想好处颇不少，其最明了的亦可在这里看出来。""李卓吾此种见解盖纯是常识，与《藏书》中之称赞卓文君正是一样，但世俗狂惑闻之不免骇然，无名氏之批犹礼科给事中张问达之疏耳，其词虽严，唯实在只是一声吆喝，却无意义者也。天下第一大危险事乃是不肯说诳语，许多思想文字之狱皆从此出。本来附和俗论一声亦非大难事，而狷介者每不屑为，致蹈虎尾之危，可深慨也。""'卓吾老子有何奇，也只是这一点常识，又加以洁癖，乃更至于以此杀身矣。'但只有常识，虽然白眼看天下读书人，如不多说话，也可括囊无咎，此上又有洁癖，则如饭中有蝇子，必哇出之为快，斯为祸大矣。""中国读书人喜评史，往往深文周纳，不近人情，又或论文，则咬文嚼字，如吟味制艺。卓吾所评乃随意插嘴，多有妙趣，又务为解放，即偶有指摘亦具情理，非漫然也。""他知道真的儒家通达人情物理，所言说必定平易近人，不涉于琐碎迂曲也。《焚书》卷三《童心说》中说得很妙，他以为经书中有些都只是圣人的迂阔门徒，懵懂弟子，记忆师说，有头无尾，得后遗前，随其所见，笔之于书。此语虽近游戏，却也颇有意思，格以儒家忠恕之义亦自不难辨别出来。"①

在明代的思想史、学术史上，李贽无论如何都是一位特异之士，从个性上说，李贽自谓"其性褊急，其色矜高，其辞鄙俗，其心狂痴，其行率易"。②袁中道也认为他"本息机忘世，槁木死灰人也，而于古之忠臣义士，侠儿剑客，存亡雅谊，生死交情，读其遗事为之咋指砍案，投袂而起，泣泪横流，痛哭滂沱而若不自禁"。③这样一个个性张扬、感情奔放之人，又不幸"生当晚明专制政府恶化之时，上则权臣逆阉专国，下则科举道学坏才。愤世嫉俗，养成满腔郁勃不平之气，激荡发泄，遂至无复分际范围。而王学左翼之'禅狂'既有反抗束缚之倾向，复与李氏之个性相投。于是推波助澜，其势不可遏止矣"。④但是，纵观周作人对李贽的评价，有意思的是，周作人似乎并不认可李贽思想与个性的张扬，他凸显的则是李贽的"寻常处"。这显然与思想史、学术史上的一般性"定论"颇有抵触。那么，周作人为什么会如此评价李贽呢？其中是否存在一种潜对话的语境呢？我认为，这

---

① 周作人：《读初潭集》，《药堂杂文》，石家庄：河北教育出版社，2002年。

②③④ 萧公权：《中国政治思想史》，北京：新星出版社，2005年，第377页。

是十分值得分析的问题。思想史上的李贽是一个离经叛道的反叛者或者说"异端"的形象，在明代晚期的语境中，李贽的一系列言论确有惊世骇俗之效果，而正是这样的人物，周作人却说他只是说出朴实的人情物理而已。显然，其中就隐藏着周作人自己对所谓"人情物理"的解读。仔细分析，我们可以看出，周作人看重的是李贽说真话的勇气，那么，这又与周作人对所置身的文化语境中日益高涨的新八股化的社会文化风气的警惕有何关系呢？进一步来看，当评价李贽时，周作人特别同情他因文字而得祸。我认为，这种同情是出于周作人对自身语境的考量：面对日益壮大的左翼文学思潮和左翼文化压力，像周作人这样的自由主义作家，就难免与李贽心有戚戚焉。从这些分析来看，在周作人对李贽的评价中确实交错着许多复杂的语境连通和潜对话的意向。如果研究者不能敏锐地看到这一点，那么，周作人笔下对历史人物与众不同的评论方式就很难让人理解。

在清代思想学术史上，俞理初也并不是一个特别突出的人物，但周作人却给予了他特别高的评价，其中必然有许多值得深思的地方。我们先来分析周作人究竟看中俞理初思想的哪些特别的方面，并对他做出怎样的解读。他说："《类稿》的文章确实不十分容易读，却于学问无碍，至于好为妇人出脱，越缦老人虽然说的有点开玩笑的样子，在我以为这正是他的一特色，没有别人及得的地方。记得老友饼斋说，蔡孑民先生在三十年前著《中国伦理学史》，说清朝思想界有三个大人物，即黄梨洲，戴东原，俞理初，是也。蔡先生参与编辑年谱，在跋里说明崇拜俞君的理由，其第一点是'认识人权'，实即是他平等的两性观。""清朝三贤我亦都敬重，若问其次序，则我不能不先俞而后黄戴矣。我们生于二十世纪的中华民国，得自由接受性心理的知识，才能稍稍有所理解，而人既无多，话亦难说，妇人问题的究极仍属于危险思想，为老头子与其儿子们所不悦，故至于今终未见有好文章也。俞君生嘉道时而能直言如此，不得不说是智勇之士。"①无论是明清思想史，还是学术史，方以智、顾炎武、王夫之、黄宗羲、戴震、颜元等人，都是必须专门论述的历史人物。相比而言，俞理初就不可能具有这样重要的历史地位。那么，周作人在自己的评价中却有意抬高俞理初，其真实的意图是什么？周作人对俞理初的再发现与再评价的尺度又是什么呢？对于俞理初的全面思想、著述而言，周作人据以立论的这一尺度是断章取义，还是一以贯之呢？这也是我们不得不提出的系列问题。

很显然，对于俞理初的评价，周作人并非简单地位移历史上下文，他的立足点是经过现代科学洗礼的性心理学说，这就不免给人以耳目一新之感。事实上，现代性心理学说在周作人思想结构中的重要意义，已有的研究并不充分。在我看来，它不仅使周作人从"妖精打架上想出道德来"，而且，也使他"参透了人情物理，知识变成了智慧，成就了一种明净的观照"。除此之外，对俞理初文字的独具特色，周作人也是颂扬有加。他在《俞理初的诙谐》一文中这样写道："俞君不是文人，但是我读了上文，觉得这在意思及文章上都很完善，实在是一篇上乘的文字，我虽然想学写文章，至今还不能写出能像这样的一篇来，自己觉得惭愧，却也受到一种激励。近来无事可为，重阅所收的清朝笔记，这一个月中间差不多检查了二十几种共四百余卷，结果才签出二百三十条，大约平均两卷里取一条的比例。但是更使我觉得奇异的是，笔记的好材料，即是说根据我的常识与趣味的二重标准认为中选的，多不出于有名的文人学士的著述之中，却都在那些恓惶无华的学究们的书里，如俞理初的《癸巳存稿》，郝兰皋的

① 周作人：《关于俞理初》，《秉烛谈》，石家庄：河北教育出版社，2002年。

《晒书堂笔录》是也。讲到学问与诗文，清初的顾亭林与王渔洋总要算是一个人物了，可是读他们的笔记，便觉得可取的地方没有如预料的那么多。为什么呢？中国文人学士大抵各有他们的道统，或严肃的道学派或风流的才子派，虽自有其系统，而缺少温柔敦厚或淡泊宁静之趣，这在笔记文学中却是必要的，因此无论别的成绩如何，在这方面就难免很差了。这一点小事情却含有大意义，盖这里不但指示出看笔记的途径，同时也教了我写文章的方法也……我读《存稿》，觉得另有一种特色，即是议论公平而文章乃多滑稽趣味，这也是很难得的事。"①周作人非常看重文章中的滑稽趣味。他说，风俗诗"须得有诙谐的风趣贯串其中，这才辛辣而仍有点蜜味"。"滑稽——或如近时所谓幽默的话，固然会有解纷之功用，就是在谈言微中上也自有价值，可以存在，此正是天道恢恢所以为大也。"②就是对自己的文章，周作人也很欣赏其中的"邪曲"，甚至亲自动手编选了一部《苦茶庵笑话选》，在《序》中全面阐发了自己对"笑话""猥亵""幽默"的独特理解。在俞理初的杂文中，周作人找到艺术的同路人，这就不免欣喜之色溢于言表。

　　无论是激赏俞理初的痛斥缠足、同情妇女命运的仁慈之心，还是倾心俞理初杂文的独具魅力，周作人对俞理初的评价，显然是建立在多重的价值维度之上。首先是俞理初思想中对儿童、妇女的态度，深得周作人之心。在某种意义上说，关注儿童与妇女是周作人一生思想的核心价值之一，也是周作人寻找思想史上的同道或进行历史评价的尺度之一。俞理初对传统妇女命运的同

---

① 周作人：《俞理初的诙谐》，《秉烛后谈》，石家庄：河北教育出版社，2002 年。

② 周作人：《北京的风俗诗》，《知堂乙酉文编》，石家庄：河北教育出版社，2002 年。

情，对儿童天性的理解，在周作人看来，都是中国文化史上的空谷足音，是中国近代启蒙思想的先声。尽管如此，俞理初的妇女和儿童观与周作人的仍有重大差异。周作人关于妇女和儿童的思考是建立在现代性心理学与现代儿童心理学之基础上，表达的是一种经过科学知识洗礼的人文关怀。这一点，周作人是十分清醒的，他曾说："我辈生在现代的民国，得以自由接受性心理的新知识，好像是拿来一节新树枝接在原有思想的老干上去。"然而，俞理初的思想更多是基于一种对儒家"仁"的道德理想的把握。如若无视这种差异，我们就无法正确评价周作人思想的深刻现代性。其次，周作人欣赏俞理初文章中的趣味，即滑稽，这是基于周作人的一种非常独特的审美追求，就像我们在上文指出的那样，周作人在多篇文章中都谈到了对文章中滑稽味的欣赏，甚至把这种滑稽味理解成一种特殊的文化人格，从周作人对滑稽味的欣赏之中，我们似乎也能窥见其独特的审美心灵。

　　中国传统文化历经两千多年始终保持着内在的稳定性，原因何在？这是文化史与思想史的一个大课题，关于这一点，学术界谈论较多的是中国传统文化如何具有强大的同化力。汉魏与两宋思想对佛教的吸收、近代以来"中学为体，西学为用"理念的倡导，都显示这一文化传统在面对外来影响时的生命力与文化智慧。但我认为中国传统文化自身所孕育的自我批判意识与自我批判能力，更是这一文化传统始终稳定存在与发展的另一种有力机制。中国传统文化在任何一个时期都会产生源于自身的异端分子，这些异端分子，在当时可能是一种破坏、消解的力量。但正是这种自破坏、自消解的方式，才可能使文化自身具有去蔽清源的能力。我认为，在某种意义上说，这种源于自身的去蔽清源的能力，对文化传统的价值调适尤其具有历史的深远意义，这也正是周作人看中俞理初的第三个方面，即俞理初对中国传统士人精神结构的批判："'著者含毫吮墨，摇头转目，愚鄙之状见于纸上也。'可谓穷形极相。古今来此类层出不尽，惜无人为一一指出，良由常人难得之故。盖常人者无特别希奇古怪的宗旨，只有普通的常识，即是向来所谓人情物理，寻常对于一切事物就只公平的看去，所见故较为平正真切，但因此亦遂与大多数的意思相左，有时也有反被称为怪人的可能，如汉孔文举明李宏甫皆是，俞君正是幸而免耳。中国贤哲提倡中庸之道，现在想起来实在也很有道理，盖在中国最缺少的大约就是这个，一般文人学士差不多都有点异人之禀，喜欢高谈阔论，讲他自己所不知道的话，宁过无不及，此莠书之所以多也。如平常的人，有常识与趣味，知道凡不合情理的事既非真实，亦不美善，不肯附和，或更辞而辟之，则更大有益世道人心矣。俞理初可以算是这样一个伟大的常人了，不客气的驳正俗说，而又多以诙谐的态度出之，这最使我佩服，只可惜上下三百年此种人不可多得，深恐只手不能满也。"① "此则根本物理人情，订正俗传曲说，如为人心世道计，其益当非浅鲜。若能有人多致力于此，更推广之由人事而及于物性，凡逆妇变猪以至雀入大水为蛤之类悉加以辨订，则利益亦盖广大，此盖为疾虚妄精神之现代化，当不愧称之为新《论衡》也。"② 从这段引文可以曲折地看出，俞理初深得周作人之心并非仅凭其"卓"识，而多是凭其"常"识。若是仔细揣摩，你不免会赞叹周作人的这种评价历史人物的眼光，自有他的特殊之处：中国文化结构及其教育体制，其最大的弊端即在于制造许多脱离实际的风气或培养中国士人的虚假的精英意识，从生活中来的经验常常

---

① 周作人：《俞理初的诙谐》，《秉烛后谈》，石家庄：河北教育出版社，2002 年。

② 周作人：《俞理初论莠书》，《药堂杂文》，石家庄：河北教育出版社，2002 年。

被排斥为粗陋之见，不值一提，这样的结果便是，文化的想象力与文化创造力极可能被扼杀在萌芽阶段。或许俞理初走的仍然是中国士大夫传统的知识之路，但他始终坚持这路是平凡的、现实的、人间性的，这也就是周作人所突出的俞理初的常识立场、常识思维。在某种意义上说，周作人对常识立场、常识思维的重视，也是其自身启蒙立场的历史投射。清代思想学术史上的俞理初究竟是占据一种怎样的地位，周作人并不关心。周作人眼中的俞理初是平凡的，正是这种建立在常识基础上的平凡，才成就其为伟大的常人。我们似乎也可以用同样的推理来评价、把握周作人的知识立场。他那种建立在情理与常识基础上的知识立场，正是使他有别于所有学院式知识分子的特殊之处。

当周作人谈论李贽或俞理初时，他总会提及王充。王充作为一个历史人物，在汉代学术史、思想史上的地位早有定论。一般来说，学术界都会阐述王充思想中的自然论、无神论和"实知""知实"的理性精神，而王充思想中因幽暗混沌的天道观而形成的命定论，却让后人疑惑不已。[①] 我感兴趣的问题是，王充的疾虚妄精神究竟拨动周作人思想世界中的哪一根敏感神经？显然，周作人对理性功能及其意义有着一种特殊的意志力。他曾引用《旧约·传道书》中的一段话："我又专心察明智慧狂妄和愚昧，乃知这也是捕风。因为多有智慧就多有愁烦，加增智识就加增忧伤。"接着他说道："话虽如此，对于虚空的唯一的办法其实还只有虚空之追迹，而对于狂妄与愚昧之察明乃是这虚无的世间第一有趣味的事，在这里我不得不和传道者的意见分歧了。"[②] 可

---

① 徐复观：《两汉思想史》（第二卷），上海：华东师大出版社，2001年，第384页。

② 周作人：《伟大的捕风》，《看云集》，石家庄：河北教育出版社，2002年。

以说，察明同类之狂妄和愚昧，就是现代的疾虚妄精神，是理性的内在反叛力的表现。在某种意义上说，也是僵化的人类精神世界的叛徒性之表现。但我们不得不看到在周作人思想中另一种思想形式的存在，即周作人始终对民众信仰保持巨大的宽容性，对未知世界保持极具同情性的理解。这显然与这种疾虚妄的精神相矛盾，我认为，正是这种矛盾性使周作人内心不时陷入独有的紧张感。

关于王充的思想意义，周作人曾在《俞理初论莠书》一文中这样说道："从前我屡次说过，在过去二千年中，我所最为佩服的中国思想家共有三人，一是汉王充，二是明李贽，三是清俞正燮。这三个人的言论行事并不怎么相像，但是我佩服他们的理由却是一个，此即是王仲任的疾虚妄的精神，这其余的两人也是共通的，虽然表现的方式未必一样。"① 他在《启蒙思想》一文中又说道："古人作文希望有功于人心世道，其实亦本是此意，问题乃在于所依据的标准，往往把这个弄颠倒了，药剂吃错，病反增进，认冥为明，妄加指示，则导人入于暗路，致诸祸害，正是极常见事也。据我想这问题也还简单，大小只须讲一个理，关于思想的但凭情理，但于人无损有益，非专为一等级设想者，皆善也，关于事物者但凭事理，凡与已知的事实不相违背，或可以常识推知其然者，皆可谓真，由是进行，庶几近光而远冥矣。唯习俗相沿，方向未能悉正，后世虽有识者，欲为变易，其事甚难，其人遂不易得，二千年中曾找得三人，即后汉之王仲任，明之李卓吾，清之俞理初，而世人不知重，或且迫害抹杀之，间尝写小文表扬，恐信受者极少，唯亡友烨斋表示同意而已。"② 尽管生活

① 周作人：《俞理初论莠书》，《药堂杂文》，石家庄：河北教育出版社，2002年。

② 周作人：《启蒙思想》，《药堂杂文》，石家庄：河北教育出版社，2002年。

在一千多年前，但在王充疾虚妄的精神结构中却内含着十分重要的合理内核，潜伏着敏锐的传统知识分子的精神立场。按照萨义德在《知识分子论》一书中对现代知识分子的定义："他或她全身投注于批评意识，不愿接受简单的处方、现成的陈腔滥调，或迎合讨好、与人方便地肯定权势或传统者的说法或做法。永远不让似是而非的事物或约定俗成的观念带着走。"互读比参之下，你就会发现王充思想的独特魅力和周作人对其评价的信念之所在。后来周作人在另一篇文章中又说过相似的话："上下古今自汉至于清代，我找到了三个人，这便是王充，李贽，俞正燮，是也。王仲任的疾虚妄的精神，最显著的表现在《论衡》上，其实别的两人也是一样，李卓吾在《焚书》与《初潭集》，俞理初在《癸巳类稿》《存稿》上所表示的正是同一的精神。他们未尝不知道多说真话的危险，只因通达物理人情，对于世间许多事物的错误不实看得太清楚，忍不住要说，结果是不讨好，却也不在乎。这种爱真理的态度是最可高贵，学术思想的前进就靠此力量，只可惜在中国历史上不大多见耳。我尝称他们为中国思想界之三盏灯火，虽然很是辽远微弱，在后人却是贵重的引路的标识……对于这几位先贤我也正是如此，学是学不到，但疾虚妄，重情理，总作为我们的理想，随时注意，不敢不勉。"①

　　周作人对李贽、俞理初和王充的高度评价，对许多治思想史的学者来说，可能有些结论是难以接受的。但是，如果我们能充分考量周作人这些言论的潜在语境与潜对话的意向，那么，对其中的含义就可能有所把握。当周作人说到这三者时，常把他们与自己的同时代人物蔡元培、钱玄同联系在一起，这种有意或无意的提示，对我们的深入理解是十分重要的。周作人看重蔡元培与

---

①　周作人：《我的杂学》，《苦口甘口》，石家庄：河北教育出版社，2002年。

钱玄同的是他们身上所体现出来的深刻而鲜明的唯理主义精神，他曾说："（蔡先生）事业成就彰彰在人耳目间，毋庸细说，若撮举大纲，当可以中正一语该之，亦可以称之曰唯理主义。"① 联系周作人在这时期对左翼思想"狂信"的指责，就可以看出他对唯理主义追崇的价值指向了。以赛亚·伯林在一部题为《刺猬和狐狸》的著作中，把人类思想史上的大师分成"刺猬"型和"狐狸"型，按照李欧梵先生的解读，所谓的"刺猬"型就是相信宇宙一切可以凭一个系统来解决，所谓的"狐狸"型就是不相信世界上的事情可以靠一个系统，或者纳入一个系统来解决。我认为，周作人就是这样一只充满智慧与怀疑精神的现代思想界"狐狸"，他不像"刺猬"那样具有刺激性、攻击性，更多的时候则是深藏在洞中，冷眼旁观，狡黠而睿智地打量，曲曲折折地发表自己的见解，他对李贽、俞理初、王充的评价就充分显示出这种曲折的"狐狸"型的思想方式。我认为，若是学术界看不到这种潜对话的意向，就无法真正丰富而具体地把握周作人思想的独到之处。

结束语

我认为，"知识"话语及其审美建构在周作人的精神世界中具有三层含义。

（一）"知识"话语及其审美建构是构建一种健全的人生观的基础。他说："大家都做善人，却几乎都不知道自己是人；或者自认为是'万物主灵'的人，却忘记了自己仍是一个生物。在这样的社会里，决不会发生真的自己解放运动的，我相信必须个人

---

① 周作人：《论蔡子民先生的事》，《药味集》，石家庄：河北教育出版社，2002 年。

对自己有一种了解，才能立定主意去追求正当的人的生活。希腊哲人达勒思的格言道'知道你自己'，可以说是最好的教训。"为此，他指出关于"认识自己"所必须具有的知识形态，即周作人所界定的常识主要有："第一组，关于个人者"，包括"人身生理"（特别是性知识）、"医学史"及"心理学"，以求从身心两方面了解人的个体；"第二组，关于人类及生物者"，包括"生物学"（包括进化遗传诸说）、"社会学"（内容广义的人类学、民俗学、文化发达史及社会学）及"历史"；"第三组，关于自然现象者"，包括"天文""地学""物理""化学"，以求了解与人相关的一切自然现象，即人所生活的自然环境；"第四组，关于科学基本者"，包括"数学""哲学"，以求掌握科学的认识'人'及其生活的世界的基本工具；"第五组，关于艺术"，包括"神话学""童话"，以求了解幼年时期的人类，还包括"文艺""美术""音乐"，其目的在"将艺术的意义应用在实际生活上，使大家有一点文学的风味"。[①]这几方面的内容涉及健全的精神结构所必须具备的要素。显然，周作人是把这一系列知识形态作为建构合理的情、知、意的心智结构的基础资源。

（二）"知识"话语及其审美建构是周作人内心的一种需要。周作人在《自己的园地·旧序》中曾说道："我自己知道这些文字都有点拙劣生硬，但还能说出我所想说的话；我平常喜欢寻求友人谈话，现在也就寻求想象的友人，请他们听我的无聊赖的闲谈。我已明知我过去的蔷薇色的梦都是虚幻，但我还在寻求——这是生人的弱点——想象的友人，能够理解庸人之心的读者。我并不想这些文字会于别人有什么用处，或者可以给予多少怡悦；我只想表现凡庸的自己的一部分，此外并无别的目的……我因

①　周作人：《妇女运动与常识》，《谈虎集》，石家庄：河北教育出版社，2002年。

寂寞，在文学上寻求慰安，夹杂读书，胡乱作文，不值学人之一笑，但在自己总得了相当的效果了。"如果说写作是排遣寂寞的一种方法，那么，阅读则是一种结缘的方式。如果要问周作人为什么要以这样的方式结缘？也许，正像周作人自己回答的那样："这或者由于不安于孤寂的缘故吧。富贵子嗣是大众的愿望，不过这都有地方可以去求，如财神送子娘娘等处，然而此外还有一种苦痛却无法解除，即是上文所说的人生的孤寂。孔子曾说过，鸟兽不可与同群，吾非斯人之徒而谁与。人是喜群的，但他往往在人群中感到不可堪的寂寞，有如在庙会时挤在潮水般的人丛里，特别像是一片树叶，与一切绝缘而孤立着。念佛号的老公公老婆婆也不会不感到，或者比平常人还要深切吧，想用什么仪式来施行祓除，列位莫笑他们这几颗豆或小烧饼，有点近似小孩们的'办人家'，实在却是圣餐的面包蒲陶酒似的一种象征，很寄存着深重的情意呢……我现在去念佛拈豆，这自然是可以不必了，姑且以小文章代之耳。""我自己写文章是属于那一派的呢？说兼爱固然够不上，为我也未必然，似乎这里有点儿缠夹，而结缘的豆乃仿佛似之，岂不奇哉。"① 纠缠在周作人内心的苦痛与驱除、寂寞与无奈、孤独与合群，这些矛盾性的情绪在这番话里一览无余。

（三）"知识"话语及其审美建构对于周作人而言又是一个"狐狸"的洞穴：一方面，他找到了排遣寂寞的方式，在知识世界中他理解历史，但是，这种理解可能带来的是一种彻底的悲观情绪与虚无的历史观，形成周作人式的暗淡的、无助的"历史循环感"，这种历史循环感不可避免地销蚀了他参与现实生活的愿望。另一方面，他在阅读中又找到了一种文化优越感，这种文化优越感进一步保护他日益犹豫不决的绅士立场，使他心安理得地

---

① 周作人：《结缘豆》，《瓜豆集》，石家庄：河北教育出版社，2002年。

以一种精英的姿态看待生活的纷扰与不安，看待现实的不满与屈辱。——就这样，周作人像鲁迅批评晚年的章太炎先生那样："退居于宁静的学者，用自己所手造的和别人所帮造的墙，和时代隔绝了。"①

---

① 鲁迅：《鲁迅全集》（第六卷），北京：人民文学出版社，1981年。

附录二

朝花夕拾

小　引

　　我常想在纷扰中寻出一点闲静来，然而委实不容易。目前是这么离奇，心里是这么芜杂。一个人做到只剩了回忆的时候，生涯大概总要算是无聊了罢，但有时竟会连回忆也没有。中国的做文章有轨范，世事也仍然是螺旋。前几天我离开中山大学的时候，便想起四个月以前的离开厦门大学；听到飞机在头上鸣叫，竟记得了一年前在北京城上日日旋绕的飞机。我那时还做了一篇短文，叫做《一觉》。现在是，连这"一觉"也没有了。

　　广州的天气热得真早，夕阳从西窗射入，逼得人只能勉强穿一件单衣。书桌上的一盆"水横枝"，是我先前没有见过的：就是一段树，只要浸在水中，枝叶便青葱得可爱。看看绿叶，编编旧稿，总算也在做一点事。做着这等事，真是虽生之日，犹死之年，很可以驱除炎热的。

　　前天，已将《野草》编定了；这回便轮到陆续载在《莽原》上的《旧事重提》，我还替他改了一个名称：《朝花夕拾》。带露折花，色香自然要好得多，但是我不能够。便是现在心目中的离奇和芜杂，我也还不能使他即刻幻化，转成离奇和芜杂的文章。或者，他日仰看流云时，会在我的眼前一闪烁罢。

我有一时，曾经屡次忆起儿时在故乡所吃的蔬果：菱角，罗汉豆，茭白，香瓜。凡这些，都是极其鲜美可口的；都曾是使我思乡的蛊惑。后来，我在久别之后尝到了，也不过如此；惟独在记忆上，还有旧来的意味留存。他们也许要哄骗我一生，使我时时反顾。

这十篇就是从记忆中抄出来的，与实际容或有些不同，然而我现在只记得是这样。文体大概很杂乱，因为是或作或辍，经了九个月之多。环境也不一：前两篇写于北京寓所的东壁下；中三篇是流离中所作，地方是医院和木匠房；后五篇却在厦门大学的图书馆的楼上，已经是被学者们挤出集团之后了。

一九二七年五月一日，鲁迅于广州白云楼记。

狗·猫·鼠

从去年起，仿佛听得有人说我是仇猫的。那根据自然是在我的那一篇《兔和猫》；这是自画招供，当然无话可说，——但倒也毫不介意。一到今年，我可很有点担心了。我是常不免于弄弄笔墨的，写了下来，印了出去，对于有些人似乎总是搔着痒处的时候少，碰着痛处的时候多。万一不谨，甚而至于得罪了名人或名教授，或者更甚而至于得罪了"负有指导青年责任的前辈"之流，可就危险已极。为什么呢？因为这些大脚色是"不好惹"的。怎地"不好惹"呢？就是怕要浑身发热之后，做一封信登在报纸上，广告道："看哪！狗不是仇猫的么？鲁迅先生却自己承认是仇猫的，而他还说要打'落水狗'！"这"逻辑"的奥义，即在用我的话，来证明我倒是狗，于是而凡有言说，全都根本推翻，即使我说二二得四，三三见九，也没有一字不错。这些既然都错，则绅士口头的二二得七，三三见千等等，自然就不错了。

我于是就间或留心着查考它们成仇的"动机"。这也并非敢妄学现下的学者以动机来褒贬作品的那些时髦，不过想给自己预先洗刷洗刷。据我想，这在动物心理学家，是用不着费什么力气的，可惜我没有这学问。后来，在覃哈特博士（Dr.O.Dähn-hardt）的《自然史底国民童话》里，总算发见了那原因了。据说，是这么一回事：动物们因为要商议要事，开了一个会议，鸟、鱼、兽都齐集了，单是缺了象。大会议定，派伙计去迎接它，拈到了当这差使的阄的就是狗。"我怎么找到那象呢？我没有见过它，也和它不认识。"它问。"那容易，"大众说，"它是驼背的。"狗去了，遇见一匹猫，立刻弓起脊梁来，它便招待，同行，将弓着脊梁的猫介绍给大家道："象在这里！"但是大家都嗤笑它了。从此以后，狗和猫便成了仇家。

日耳曼人走出森林虽然还不很久，学术文艺却已经很可观，便是书籍的装潢，玩具的工致，也无不令人心爱。独有这一篇童话却实在不漂亮；结怨也结得没有意思。猫的弓起脊梁，并不是希图冒充，故意摆架子的，其咎却在狗的自己没眼力。然而原因也总可以算作一个原因。我的仇猫，是和这大大两样的。

其实人禽之辨，本不必这样严。在动物界，虽然并不如古人所幻想的那样舒适自由，可是噜苏做作的事总比人间少。它们适性任情，对就对，错就错，不说一句分辩话。虫蛆也许是不干净的，但它们并没有自鸣清高；鸷禽猛兽以较弱的动物为饵，不妨说是凶残的罢，但它们从来就没有竖过"公理""正义"的旗子，使牺牲者直到被吃的时候为止，还是一味佩服赞叹它们。人呢，能直立了，自然是一大进步；能说话了，自然又是一大进步；能写字作文了，自然又是一大进步。然而也就堕落，因为那时也开始了说空话。说空话尚无不可，甚至于连自己也不知道说着违心之论，则对于只能嗥叫的动物，实在免不得"颜厚有忸怩"。假使真有一位一视同仁的造物主，高高在上，那么，对于人类的这些小聪明，也许倒以为多事，正如我们在万生园里，看见猴子翻筋斗，母象请安，虽然往往破颜一笑，但同时也觉得不舒服，甚至于感到悲哀，以为这些多余的聪明，倒不如没有的好罢。然而，既经为人，便也只好"党同伐异"，学着人们的说话，随俗来谈一谈，——辩一辩了。

　　现在说起我仇猫的原因来，自己觉得是理由充足，而且光明正大的。一，它的性情就和别的猛兽不同，凡捕食雀鼠，总不肯一口咬死，定要尽情玩弄，放走，又捉住，捉住，又放走，直待自己玩厌了，这才吃下去，颇与人们的幸灾乐祸，慢慢地折磨弱者的坏脾气相同。二，它不是和狮虎同族的么？可是有这么一副媚态！但这也许是限于天分之故罢，假使它的身材比现在大十倍，那就真不知道它所取的是怎么一种态度。然而，这些口实，仿佛又是现在提起笔来的时候添出来的，虽然也像是当时涌上心来的理由。要说得可靠一点，或者倒不如说不过因为它们配合时候的嗥叫，手续竟有这么繁重，闹得别人心烦，尤其是夜间要看书，睡觉的时候。当这些时候，我便要用长竹竿去攻击它们。狗们在大道上配合时，常有闲汉拿了木棍痛打；我曾见大勃吕该尔（P. Bruegel d. Ä）的一张铜版画 Allegorie der Wollust 上，也画着这回事，可见这样的举动，是中外古今一致的。自从那执拗的奥国学者弗罗特（S. Freud）提倡了精神分析说——Psychoanalysis，听说章士钊先生是译作"心解"的，虽然简古，可是实在难解得很——以来，我们的名人名教授也颇有隐隐约约，检来应用的了，这些事便不免又要归宿到性欲上去。打狗的事我不管，至于我的打猫，却只因为它们嚷嚷，此外并无恶意，我自信我的嫉妒心还没有这么博大，当现下"动辄获咎"之秋，这是不可不预先声明的。例如人们当配合之前，也很有些手续，新的是写情书，少则一束，多则一捆；旧的是什么"问名""纳采"，磕头作揖，去年海昌蒋氏在北京举行婚礼，拜来拜去，就十足拜了三天，还印有一本红面子的《婚礼节文》，《序论》里大发议论道："平心论之，既名为礼，当必繁重。专图简易，何用礼为？……然则世之有志于礼者，可以兴矣！不可退居于礼所不下之庶人矣！"然而我毫不生气，这是因为无须我到场；因此也可见我的仇猫，理由实在简简单单，只为了它们在我的耳朵边尽嚷的缘故。人们的各种礼式，局外人可以不见不闻，我就满不管，但如果当我正要看书或睡觉的时候，有人来勒令朗诵情书，奉陪作揖，那是为自卫起见，还要用长竹竿来抵御的。还有，平素不大交往的人，忽而寄给我一个红帖子，上面印着"为舍妹出阁"，"小儿完姻"，"敬请观礼"或"阖第光临"这些含有"阴险的暗示"的句子，使我不化钱便总觉得有些过意不去的，我也不十分高兴。

但是，这都是近时的话。再一回忆，我的仇猫却远在能够说出这些理由之前，也许是还在十岁上下的时候了。至今还分明记得，那原因是极其简单的：只因为它吃老鼠，——吃了我饲养着的可爱的小小的隐鼠。

听说西洋是不很喜欢黑猫的，不知道可确；但 Edgar Allan Poe 的小说里的黑猫，却实在有点骇人。日本的猫善于成精，传说中的"猫婆"，那食人的惨酷确是更可怕。中国古时候虽然曾有"猫鬼"，近来却很少听到猫的兴妖作怪，似乎古法已经失传，老实起来了。只是我在童年，总觉得它有点妖气，没有什么好感。那是一个我的幼时的夏夜，我躺在一株大桂树下的小板桌上乘凉，祖母摇着芭蕉扇坐在桌旁，给我猜谜，讲故事。忽然，桂树上沙沙地有趾爪的爬搔声，一对闪闪的眼睛在暗中随声而下，使我吃惊，也将祖母讲着的话打断，另讲猫的故事了——

"你知道么？猫是老虎的先生。"她说。"小孩子怎么会知道呢，猫是老虎的师父。老虎本来是什么也不会的，就投到猫的门下来。猫就教给它扑的方法，捉的方法，吃的方法，像自己的捉老鼠一样。这些教完了；老虎想，本领都学到了，谁也比不过它了，只有老师的猫还比自己强，要是杀掉猫，自己便是最强的脚色了。它打定主意，就上前去扑猫。猫是早知道它的来意的，一跳，便上了树，老虎却只能眼睁睁地在树下蹲着。它还没有将一切本领传授完，还没有教给它上树。"

这是侥幸的，我想，幸而老虎很性急，否则从桂树上就会爬下一匹老虎来。然而究竟很怕人，我要进屋子里睡觉去了。夜色更加黯然；桂叶瑟瑟地作响，微风也吹动了，想来草席定已微凉，躺着也不至于烦得翻来复去了。

几百年的老屋中的豆油灯的微光下，是老鼠跳梁的世界，飘忽地走着，吱吱地叫着，那态度往往比"名人名教授"还轩昂。猫是饲养着的，然而吃饭不管事。祖母她们虽然常恨鼠子们啮破了箱柜，偷吃了东西，我却以为这也算不得什么大罪，也和我不相干，况且这类坏事大概是大个子的老鼠做的，决不能诬陷到我所爱的小鼠身上去。这类小鼠大抵在地上走动，只有拇指那么大，也不很畏惧人，我们那里叫它"隐鼠"，与专住在屋上的伟大者是两种。我的床前就帖着两张花纸，一是"八戒招赘"，满纸长嘴大耳，我以为不甚雅观；别的一张"老鼠成亲"却可爱，自新郎新妇以至傧相，宾客，执事，没有一个不是尖腮细腿，像煞读书人的，但穿的都是红衫绿裤。我想，能举办这样大仪式的，一定只有我所喜欢的那些隐鼠。现在是粗俗了，在路上遇见人类的迎娶仪仗，也不过当作性交的广告看，不甚留心；但那时的想看"老鼠成亲"的仪式，却极其神往，即使像海昌蒋氏似的连拜三夜，怕也未必会看得心烦。正月十四的夜，是我不肯轻易便睡，等候它们的仪仗从床下出来的夜。然而仍然只看见几个光着身子的隐鼠在地面游行，不像正在办着喜事。直到我熬不住了，快快睡去，一睁眼却已经天明，到了灯节了。也许鼠族的婚仪，不但不分请帖，来收罗贺礼，虽是真的"观礼"，也绝对不欢迎的罢，我想，这是它们向来的习惯，无法抗议的。

老鼠的大敌其实并不是猫。春后，你听到它"咋！咋咋咋咋！"地叫着，大家称为"老鼠数铜钱"的，便知道它的可怕的屠伯已经光降了。这声音是表现绝望的惊恐的，虽然遇见猫，还不至于这样叫。猫自然也可怕，但老鼠只要窜进一个小洞去，它也就奈何不得，逃命的机会还很多。独有那可怕的屠伯——蛇，身体是细长的，圆径和鼠子差不多，凡鼠子能到的地方，它也能到，追逐的时间也格外长，而且万难幸免，当"数钱"的时候，大概是已经没有第二步办法的了。

有一回，我就听得一间空屋里有着这种"数钱"的声音，推门进去，一条蛇伏在横梁上，看地上，躺着一四隐鼠，口角流血，但两胁还是一起一落的。取来给躺在一个纸盒子里，大半天，竟醒过来了，渐渐地能够饮食，行走，到第二日，似乎就复了原，但是不逃走。放在地上，也时时跑到人面前来，而且缘腿而上，一直爬到膝髁。给放在饭桌上，便检吃些菜渣，舐舐碗沿；放在我的书桌上，则从容地游行，看见砚台便舐吃了研着的墨汁。这使我非常惊喜了。我听父亲说过的，中国有一种墨猴，只有拇指一般大，全身的毛是漆黑而且发亮的。它睡在笔筒里，一听到磨墨，便跳出来，等着，等到人写完字，套上笔，就舐尽了砚上的余墨，仍旧跳进笔筒里去了。我就极愿意有这样的一个墨猴，可是得不到；问那里有，那里买的呢，谁也不知道。"慰情聊胜无"，这隐鼠总可以算是我的墨猴了罢，虽然它舐吃墨汁，并不一定肯等到我写完字。

　　现在已经记不分明，这样地大约有一两月；有一天，我忽然感到寂寞了，真所谓"若有所失"。我的隐鼠，是常在眼前游行的，或桌上，或地上。而这一日却大半天没有见，大家吃午饭了，也不见它走出来，平时，是一定出现的。我再等着，再等它一半天，然而仍然没有见。

　　长妈妈，一个一向带领着我的女工，也许是以为我等得太苦了罢，轻轻地来告诉我一句话。这即刻使我愤怒而且悲哀，决心和猫们为敌。她说：隐鼠是昨天晚上被猫吃去了！

　　当我失掉了所爱的，心中有着空虚时，我要充填以报仇的恶念！

　　我的报仇，就从家里饲养着的一匹花猫起手，逐渐推广，至于凡所遇见的诸猫。最先不过是追赶，袭击；后来却愈加巧妙了，能飞石击中它们的头，或诱入空屋里面，打得它垂头丧气。这作战继续得颇长久，此后似乎猫都不来近我了。但对于它们纵使怎样战胜，大约也算不得一个英雄；况且中国毕生和猫打仗的人也未必多，所以一切韬略，战绩，还是全都省略了罢。

　　但许多天之后，也许是已经经过了大半年，我竟偶然得到一个意外的消息：那隐鼠其实并非被猫所害，倒是它缘着长妈妈的腿要爬上去，被她一脚踏死了。

　　这确是先前所没有料想到的。现在我已经记不清当时是怎样一个感想，但和猫的感情却终于没有融和；到了北京，还因为它伤害了兔的儿女们，便旧隙夹新嫌，使出更辣的辣手。"仇猫"的话柄，也从此传扬开来。然而在现在，这些早已是过去的事了，我已经改变态度，对猫颇为客气，倘其万不得已，则赶走而已，决不打伤它们，更何况杀害。这是我近几年的进步。经验既多，一旦大悟，知道猫的偷鱼肉，拖小鸡，深夜大叫，人们自然十之九是憎恶的，而这憎恶是在猫身上。假如我出而为人们驱除这憎恶，打伤或杀害了它，它便立刻变为可怜，那憎恶倒移在我身上了。所以，目下的办法，是凡遇猫们捣乱，至于有人讨厌时，我便站出去，在门口大声叱曰："嘘！滚！"小小平静，即回书房，这样，就长保着御侮保家的资格。其实这方法，中国的官兵就常在实做的，他们总不肯扫清土匪或扑灭敌人，因为这么一来，就要不被重视，甚至于因失其用处而被裁汰。我想，如果能将这方法推广应用，我大概也总可望成为所谓"指导青年"的"前辈"的罢，但现下也还未决心实践，正在研究而且推敲。

一九二六年二月二十一日。

阿长与《山海经》

长妈妈，已经说过，是一个一向带领着我的女工，说得阔气一点，就是我的保姆。我的母亲和许多别的人都这样称呼她，似乎略带些客气的意思。只有祖母叫她阿长。我平时叫她"阿妈"，连"长"字也不带；但到憎恶她的时候，——例如知道了谋死我那隐鼠的却是她的时候，就叫她阿长。

我们那里没有姓长的；她生得黄胖而矮，"长"也不是形容词。又不是她的名字，记得她自己说过，她的名字是叫作什么姑娘的。什么姑娘，我现在已经忘却了，总之不是长姑娘；也终于不知道她姓什么。记得她也曾告诉过我这个名称的来历：先前的先前，我家有一个女工，身材生得很高大，这就是真阿长。后来她回去了，我那什么姑娘才来补她的缺，然而大家因为叫惯了，没有再改口，于是她从此也就成为长妈妈了。

虽然背地里说人长短不是好事情，但倘使要我说句真心话，我可只得说：我实在不大佩服她。最讨厌的是常喜欢切切察察，向人们低声絮说些什么事，还竖起第二个手指，在空中上下摇动，或者点着对手或自己的鼻尖。我的家里一有些小风波，不知怎的我总疑心和这"切切察察"有些关系。又不许我走动，拔一株草，翻一块石头，就说我顽皮，要告诉我的母亲去了。一到夏天，睡觉时她又伸开两脚两手，在床中间摆成一个"大"字，挤得我没有余地翻身，久睡在一角的席子上，又已经烤得那么热。推她呢，不动；叫她呢，也不闻。

"长妈妈生得那么胖，一定很怕热罢？晚上的睡相，怕不见得很好罢？……"

母亲听到我多回诉苦之后，曾经这样地问过她。我也知道这意思是要她多给我一些空席。她不开口。但到夜里，我热得醒来的时候，却仍然看见满床摆着一个"大"字，一条臂膊还搁在我的颈子上。我想，这实在是无法可想了。

但是她懂得许多规矩；这些规矩，也大概是我所不耐烦的。一年中最高兴的时节，自然要数除夕了。辞岁之后，从长辈得到压岁钱，红纸包着，放在枕边，只要过一宵，便可以随意使用。睡在枕上，看着红包，想到明天买来的小鼓，刀枪，泥人，糖菩萨……。然而她进来，又将一个福橘放在床头了。

"哥儿，你牢牢记住！"她极其郑重地说。"明天是正月初一，清早一睁开眼睛，第一句话就得对我说：'阿妈，恭喜恭喜！'记得么？你要记着，这是一年的运气的事情。不许说别的话！说过之后，还得吃一点福橘。"她又拿起那橘子来在我的眼前摇了两摇，"那么，一年到头，顺顺流流……。"

梦里也记得元旦的，第二天醒得特别早，一醒，就要坐起来。她却立刻伸出臂膊，一把将我按住。我惊异地看她时，只见她惶急地看着我。

她又有所要求似的，摇着我的肩。我忽而记得了——

“阿妈，恭喜……。”

“恭喜恭喜！大家恭喜！真聪明！恭喜恭喜！”她于是十分喜欢似的，笑将起来，同时将一点冰冷的东西，塞在我的嘴里。我大吃一惊之后，也就忽而记得，这就是所谓福橘，元旦辟头的磨难，总算已经受完，可以下床玩耍去了。

她教给我的道理还很多，例如说人死了，不该说死掉，必须说“老掉了”；死了人，生了孩子的屋子里，不应该走进去；饭粒落在地上，必须拣起来，最好是吃下去；晒裤子用的竹竿底下，是万不可钻过去的……。此外，现在大抵忘却了，只有元旦的古怪仪式记得最清楚。总之：都是些烦琐之至，至今想起来还觉得非常麻烦的事情。

然而我有一时也对她发生过空前的敬意。她常常对我讲“长毛”。她之所谓“长毛”者，不但洪秀全军，似乎连后来一切土匪强盗都在内，但除却革命党，因为那时还没有。她说得长毛非常可怕，他们的话就听不懂。她说先前长毛进城的时候，我家全都逃到海边去了，只留一个门房和年老的煮饭老妈子看家。后来长毛果然进门来了，那老妈子便叫他们“大王”，——据说对长毛就应该这样叫，——诉说自己的饥饿。长毛笑道：“那么，这东西就给你吃了罢！”将一个圆圆的东西掷了过来，还带着一条小辫子，正是那门房的头。煮饭老妈子从此就骇破了胆，后来一提起，还是立刻面如土色，自己轻轻地拍着胸脯道：“阿呀，骇死我了，骇死我了……。”

我那时似乎倒并不怕，因为我觉得这些事和我毫不相干的，我不是一个门房。但她大概也即觉到了，说道：“像你似的小孩子，长毛也要掳的，掳去做小长毛。还有好看的姑娘，也要掳。”

“那么，你是不要紧的。”我以为她一定最安全了，既不做门房，又不是小孩子，也生得不好看，况且颈子上还有许多灸疮疤。

"那里的话？！"她严肃地说。"我们就没有用么？我们也要被掳去。城外有兵来攻的时候，长毛就叫我们脱下裤子，一排一排地站在城墙上，外面的大炮就放不出来；再要放，就炸了！"

这实在是出于我意想之外的，不能不惊异。我一向只以为她满肚子是麻烦的礼节罢了，却不料她还有这样伟大的神力。从此对于她就有了特别的敬意，似乎实在深不可测；夜间的伸开手脚，占领全床，那当然是情有可原的了，倒应该我退让。

这种敬意，虽然也逐渐淡薄起来，但完全消失，大概是在知道她谋害了我的隐鼠之后。那时就极严重地诘问，而且当面叫她阿长。我想我又不真做小长毛，不去攻城，也不放炮，更不怕炮炸，我惧惮她什么呢！

但当我哀悼隐鼠，给它复仇的时候，一面又在渴慕着绘图的《山海经》了。这渴慕是从一个远房的叔祖惹起来的。他是一个胖胖的，和蔼的老人，爱种一点花木，如珠兰，茉莉之类，还有极其少见的，据说从北边带回去的马缨花。他的太太却正相反，什么也莫名其妙，曾将晒衣服的竹竿搁在珠兰的枝条上，枝折了，还要愤愤地咒骂道："死尸！"这老人是个寂寞者，因为无人可谈，就很爱和孩子们往来，有时简直称我们为"小友"。在我们聚族而居的宅子里，只有他书多，而且特别。制艺和试帖诗，自然也是有的；但我却只在他的书斋里，看见过陆玑的《毛诗草木鸟兽虫鱼疏》，还有许多名目很生的书籍。我那时最爱看的是《花镜》，上面有许多图。他说给我听，曾经有过一部绘图的《山海经》，画着人面的兽，九头的蛇，三脚的鸟，生着翅膀的人，没有头而以两乳当作眼睛的怪物，……可惜现在不知道放在那里了。

我很愿意看看这样的图画，但不好意思力逼他去寻找，他是很疏懒的。问别人呢，谁也不肯真实地回答我。压岁钱还有几百文，买罢，又没有好机会。有书买的大街离我家远得很，我一年中只能在正月间去玩一趟，那时候，两家书店都紧紧地关着门。

玩的时候倒是没有什么的，但一坐下，我就记得绘图的《山海经》。

大概是太过于念念不忘了，连阿长也来问《山海经》是怎么一回事。这是我向来没有和她说过的，我知道她并非学者，说了也无益；但既然来问，也就都对她说了。

过了十多天，或者一个月罢，我还很记得，是她告假回家以后的四五天，她穿着新的蓝布衫回来了，一见面，就将一包书递给我，高兴地说道：

"哥儿，有画儿的'三哼经'，我给你买来了！"

我似乎遇着了一个霹雳，全体都震悚起来；赶紧去接过来，打开纸包，是四本小小的书，略略一翻，人面的兽，九头的蛇，……果然都在内。

这又使我发生新的敬意了，别人不肯做，或不能做的事，她却能够做成功。她确有伟大的神力。谋害隐鼠的怨恨，从此完全消灭了。

这四本书，乃是我最初得到，最为心爱的宝书。

书的模样，到现在还在眼前。可是从还在眼前的模样来说，却是一部刻印都十分粗拙的本子。纸张很黄；图像也很坏，甚至于几乎全用直线凑合，连动物的眼睛也都是长方形的。但那是我最为心爱的宝书，看起来，确是人面的兽；九头的蛇；一脚的牛；袋子似的帝江；没有头而"以乳为目，以脐为口"，还要"执干戚而舞"的刑天。

此后我就更其搜集绘图的书，于是有了石印的《尔雅音图》和《毛诗品物图考》，又有了《点石斋丛画》和《诗画舫》。《山海经》也另买了一部石印的，每卷都有图赞，绿色的画，字是红的，比那木刻的精致得多了。这一部直到前年还在，是缩印的郝懿行疏。木刻的却已经记不清是什么时候失掉了。

我的保姆，长妈妈即阿长，辞了这人世，大概也有了三十年了罢。我终于不知道她的姓名，她的经历；仅知道有一个过继的儿子，她大约是青年守寡的孤孀。

仁厚黑暗的地母呵，愿在你怀里永安她的魂灵！

三月十日。

《二十四孝图》

我总要上下四方寻求，得到一种最黑，最黑，最黑的咒文，先来诅咒一切反对白话，妨害白话者。即使人死了真有灵魂，因这最恶的心，应该堕入地狱，也将决不改悔，总要先来诅咒一切反对白话，妨害白话者。

自从所谓"文学革命"以来，供给孩子的书籍，和欧，美，日本的一比较，虽然很可怜，但总算有图有说，只要能读下去，就可以懂得的了。可是一班别有心肠的人们，便竭力来阻遏它，要使孩子的世界中，没有一丝乐趣。北京现在常用"马虎子"这一句话来恐吓孩子们。或者说，那就是《开河记》上所载的，给隋炀帝开河，蒸死小儿的麻叔谋；正确地写起来，须是"麻胡子"。那么，这麻叔谋乃是胡人了。但无论他是甚么人，他的吃小孩究竟也还有限，不过尽他的一生。妨害白话者的流毒却甚于洪水猛兽，非常广大，也非常长久，能使全中国化成一个麻胡，凡有孩子都死在他肚子里。

只要对于白话来加以谋害者，都应该灭亡！

这些话，绅士们自然难免要掩住耳朵的，因为就是所谓"跳到半天空，骂得体无完肤，——还不肯罢休。"而且文士们一定也要骂，以为大悖于"文格"，亦即大损于"人格"。岂不是"言者心声也"么？"文"和"人"当然是相关的，虽然人间世本来千奇百怪，教授们中也有"不尊敬"作者的人格而不能"不说他的小说好"的特别种族。但这些我都不管，因为我幸而还没有爬上"象牙之塔"去，正无须怎样小心。倘若无意中竟已撞上了，那就即刻跌下来罢。然而在跌下来的中途，当还未到地之前，还要说一遍：

只要对于白话来加以谋害者，都应该灭亡！

每看见小学生欢天喜地地看着一本粗拙的《儿童世界》之类，另想到别国的儿童用书的精美，自然要觉得中国儿童的可怜。但回忆起我和我的同窗小友的童年，却不能不以为他幸福，给我们的永逝的韶光一个悲哀的吊唁。我们那时有什么可看呢，只要略有图画的本子，就要被塾师，就是当时的"引导青年的前辈"禁止，呵斥，甚而至于打手心。我的小同学因为专读"人之初性本善"读得要枯燥而死了，只好偷偷地翻开第一叶，看那题着"文星高照"四个字的恶鬼一般的魁星像，来满足他幼稚的爱美的天性。昨天看这个，今天也看这个，然而他们的眼睛里还闪出苏醒和欢喜的光辉来。

在书塾以外，禁令可比较的宽了，但这是说自己的事，各人大概不一样。我能在大众面前，冠冕堂皇地阅看的，是《文昌帝君阴骘文图说》和《玉历钞传》，都画着冥冥之中赏善罚恶的故事，雷公电母站在云中，牛头马面布满地下，不但"跳到半天空"是触犯天条的，即使半语不合，一念偶差，也都得受相当的报应。这所报的也并非"睚眦之怨"，因为那地方是鬼神为君，"公理"作宰，请酒下跪，全都无功，简直是无法可想。在中国的天地间，不但做人，便是做鬼，也艰难极了。然而究竟很有比阳间更好的处所：无所谓"绅士"，也没有"流言"。

阴间，倘要稳妥，是颂扬不得的。尤其是常常好弄笔墨的人，在现在的中国，流言的治下，而又大谈"言行一致"的时候。前车可鉴，听说阿尔志跋绥夫曾答一个少女的质问说，"惟有在人生的事实这本身中寻出欢喜者，可以活下去。倘若在那里什么也不见，他们其实倒不如死。"于是乎有一个叫作密哈罗夫的，寄信嘲骂他道，"……所以我完全诚实地劝你自杀来祸福你自己的生命，因为这第一是合于逻辑，第二是你的言语和行为不至于背驰。"

其实这论法就是谋杀，他就这样地在他的人生中寻出欢喜来。阿尔志跋绥夫只发了一大通牢骚，没有自杀。密哈罗夫先生后来不知道怎样，这一个欢喜失掉了，或者另外又寻到了"什么"了罢。诚然，"这些时候，勇敢，是安稳的；情热，是毫无危险的。"

然而，对于阴间，我终于已经颂扬过了，无法追改；虽有"言行不符"之嫌，但确没有受过阎王或小鬼的半文津贴，则差可以自解。总而言之，还是仍然写下去罢：

我所看的那些阴间的图画，都是家藏的老书，并非我所专有。我所收得的最先的画图本子，是一位长辈的赠品：《二十四孝图》。这虽然不过薄薄的一本书，但是下图上说，鬼少人多，又为我一人所独有，使我高兴极了。那里面的故事，似乎是谁都知道的；便是不识字的人，例如阿长，也只要一看图画便能够滔滔地讲出这一段的事迹。但是，我于高兴之余，接着就是扫兴，因为我请人讲完了二十四个故事之后，才知道"孝"有如此之难，对于先前痴心妄想，想做孝子的计划，完全绝望了。

"人之初，性本善"么？这并非现在要加研究的问题。但我还依稀记得，我幼小时候实未尝蓄意忤逆，对于父母，倒是极愿意孝顺的。不过年幼无知，只用了私见来解释"孝顺"的做法，以为无非是"听话"，"从命"，以及长大之后，给年老的父母好好地吃饭罢了。自从得了这一本孝子的教科书以后，才知道并不然，而且还要难到几十几百倍。其中自然也有可以勉力仿效的，如"子路负米"，"黄香扇枕"之类。"陆绩怀橘"也并不难，只要有阔人请我吃饭。"鲁迅先生作宾客而怀橘乎？"我便跪答云，"吾母性之所爱，欲归以遗母。"阔人大佩服，于是孝子就做稳了，也非常省事。"哭竹生笋"就可疑，怕我的精诚未必会这样感动天地。但是哭不出笋来，还不过抛脸而已，一到"卧冰求鲤"，可就有性命之虞了。我乡的天气是温和的，严冬中，水面也只结一层薄冰，即使孩子的重量怎样小，躺上去，也一定哗喇一声，冰破落水，鲤鱼还不及游过来。自然，必须不顾性命，这才孝感神明，会有出乎意料之外的奇迹，但那时我还小，实在不明白这些。

其中最使我不解，甚至于发生反感的，是"老莱娱亲"和"郭巨埋儿"两件事。

我至今还记得，一个躺在父母跟前的老头子，一个抱在母亲手上的小孩子，是怎样地使我发生不同的感想呵。他们一手都拿着"摇咕咚"。这玩意儿确是可爱的，北京称为小鼓，盖即鼗也，朱熹曰，"鼗，小鼓，两旁有耳；持其柄而摇之，则旁耳还自击，"咕咚咕咚地响起来。然而这东西是不该拿在老莱子手里的，他应该扶一枝拐杖。现在这模样，简直是装佯，侮辱了孩子。我没有再看第二回，一到这一叶，便急速地翻过去了。

那时的《二十四孝图》，早已不知去向了，目下所有的只是一本日本小田海僊所画的本子，叙老莱子事云，"行年七十，言不称老，常著五色斑斓之衣，为婴儿戏于亲侧。又常取水上堂，诈跌仆地，作婴儿啼，以娱亲意。"大约旧本也差不多，而招我反感的便是"诈跌"。无论忤逆，无论孝顺，小孩子多不愿意

"诈"作，听故事也不喜欢是谣言，这是凡有稍稍留心儿童心理的都知道的。

然而在较古的书上一查，却还不至于如此虚伪。师觉授《孝子传》云，"老莱子……常著斑斓之衣，为亲取饮，上堂脚跌，恐伤父母之心，僵仆为婴儿啼。"（《太平御览》四百十三引）较之今说，似稍近于人情。不知怎地，后之君子却一定要改得他"诈"起来，心里才能舒服。邓伯道弃子救侄，想来也不过"弃"而已矣，昏妄人也必须说他将儿子捆在树上，使他追不上来才肯歇手。正如将"肉麻当作有趣"一般，以不情为伦纪，诬蔑了古人，教坏了后人。老莱子即是一例，道学先生以为他白璧无瑕时，他却已在孩子的心中死掉了。

至于玩着"摇咕咚"的郭巨的儿子，却实在值得同情。他被抱在他母亲的臂膊上，高高兴兴地笑着；他的父亲却正在掘窟窿，要将他埋掉了。说明云，"汉郭巨家贫，有子三岁，母尝减食与之。巨谓妻曰，贫乏不能供母，子又分母之食。盍埋此子？"但是刘向《孝子传》所说，却又有些不同：巨家是富的，他都给了两弟；孩子是才生的，并没有到三岁。结末又大略相像了，"及掘坑二尺，得黄金一釜，上云：天赐郭巨，官不得取，民不得夺！"

我最初实在替这孩子捏一把汗，待到掘出黄金一釜，这才觉得轻松。然而我已经不但自己不敢再想做孝子，并且怕我父亲去做孝子了。家景正在坏下去，常听到父母愁柴米；祖母又老了，倘使我的父亲竟学了郭巨，那么，该埋的不正是我么？如果一丝不走样，也掘出一釜黄金来，那自然是如天之福，但是，那时我虽然年纪小，似乎也明白天下未必有这样的巧事。

现在想起来，实在很觉得傻气。这是因为现在已经知道了这些老玩意，本来谁也不实行。整饬伦纪的文电是常有的，却很少见绅士赤条条地躺在冰上面，将军跳下汽车去负米。何况现在早长大了，看过几部古书，买过几本新书，什么《太平御览》咧，《古孝子传》咧，《人口问题》咧，《节制生育》咧，《二十世纪是儿童的世界》咧，可以抵抗被埋的理由多得很。不过彼一时，此一时，彼时我委实有点害怕：掘好深坑，不见黄金，连"摇咕咚"一同埋下去，盖上土，踏得实实的，又有什么法子可想呢。我想，事情虽然未必实现，但我从此总怕听到我的父母愁穷，怕看见我的白发的祖母，总觉得她是和我不两立，至少，也是一个和我的生命有些妨碍的人。后来这印象日见其淡了，但总有一些留遗，一直到她去世——这大概是送给《二十四孝图》的儒者所万料不到的罢。

五月十日。

五猖会

孩子们所盼望的，过年过节之外，大概要数迎神赛会的时候了。但我家的所在很偏僻，待到赛会的行列经过时，一定已在下午，仪仗之类，也减而又减，所剩的极其寥寥。往往伸着颈子等候多时，却只见十几个人抬着一个金脸或蓝脸红脸的神像匆匆地跑过去。于是，完了。

我常存着这样的一个希望：这一次所见的赛会，比前一次繁盛些。可是结果总是一个"差不多"；也总是只留下一个纪念品，就是当神像还未抬过之前，化一文钱买下的，用一点烂泥，一点颜色纸，一枝竹签和两三枝鸡毛所做的，吹起来会发出一种刺耳的声音的哨子，叫作"吹都都"的，吡吡地吹它两三天。

现在看看《陶庵梦忆》，觉得那时的赛会，真是豪奢极了，虽然明人的文章，怕难免有些夸大。因为祷雨而迎龙王，现在也还有的，但办法却已经很简单，不过是十多人盘旋着一条龙，以及村童们扮些海鬼。那时却还要扮故事，而且实在奇拔得可观。他记扮《水浒传》中人物云："……于是分头四出，寻黑矮汉，寻梢长大汉，寻头陀，寻胖大和尚，寻茁壮妇人，寻姣长妇人，寻青面，寻歪头，寻赤须，寻美髯，寻黑大汉，寻赤脸长须。大索城中；无，则之郭，之村，之山僻，之邻府州县。用重价聘之，得三十六人，梁山泊好汉，个个呵活，臻臻至至，人马称娖而行。……"这样的白描的活古人，谁能不动一看的雅兴呢？可惜这种盛举，早已和明社一同消灭了。

赛会虽然不像现在上海的旗袍，北京的谈国事，为当局所禁止，然而妇孺们是不许看的，读书人即所谓士子，也大抵不肯赶去看。只有游手好闲的闲人，这才跑到庙前或衙门前去看热闹；我关于赛会的知识，多半是从他们的叙述上得来的，并非考据家所贵重的"眼学"。然而记得有一回，也亲见过较盛的赛会。开首是一个孩子骑马先来，称为"塘报"；过了许久，"高照"到了，长竹竿揭起一条很长的旗，一个汗流浃背的胖大汉用两手托着；他高兴的时候，就肯将竿头放在头顶或牙齿上，甚而至于鼻尖。其次是所谓"高跷"，"抬阁"，"马头"了；还有扮犯人的，红衣枷锁，内中也有孩子。我那时觉得这些都是有光荣的事业，与闻其事的即全是大有运气的人，——大概羡慕他们的出风头罢。我想，我为什么不生一场重病，使我的母亲也好到庙里去许下一个"扮犯人"的心愿的呢？……然而我到现在终于没有和赛会发生关系过。

要到东关看五猖会去了。这是我儿时所罕逢的一件盛事。因为那会是全县中最盛的会，东关又是离我家很远的地方，出城还有六十多里水路，在那里有两座特别的庙。一是梅姑庙，就是《聊斋志异》所记，室女守节，死后成神，却篡取别人的丈夫的；现在神座上确塑着一对少年男女，眉开眼笑，殊与"礼教"有妨。其一便是五猖庙了，名目就奇特。据有考据癖的人说：这就是五通神。然而也并无确据。神像是五个男人，也不见有什么猖獗之状；后面列坐着五位太太，却并不"分坐"，远不及北京戏园里界限之谨严。其实呢，这也是殊与"礼教"有妨的，——但他们既然是五猖，便也无法可想，而且自然也就"又作别论"了。

因为东关离城远，大清早大家就起来。昨夜预定好的三道明瓦窗的大船，已经泊在河埠头，船椅、饭菜、茶炊、点心盒子，都在陆续搬下去了。我笑着跳着，催他们要搬得快。忽然，工人的脸色很谨肃了，我知道有些蹊跷，四面一看，父亲就站在我背后。

"去拿你的书来。"他慢慢地说。

这所谓"书"，是指我开蒙时候所读的《鉴略》，因为我再没有第二本了。我们那里上学的岁数是多拣单数的，所以这使我记住我其时是七岁。

我忐忑着，拿了书来了。他使我同坐在堂中央的桌子前，教我一句一句地读下去。我担着心，一句一句地读下去。

两句一行，大约读了二三十行罢，他说：

"给我读熟。背不出，就不准去看会。"

他说完，便站起来，走进房里去了。

我似乎从头上浇了一盆冷水。但是，有什么法子呢？自然是读着，读着，强记着，——而且要背出来。

　　　粤自盘古，生于太荒，

　　　首出御世，肇开混茫。

就是这样的书，我现在只记得前四句，别的都忘却了；那时所强记的二三十行，自然也一齐忘却在里面了。记得那时听人说，读《鉴略》比读《千字文》，《百家姓》有用得多，因为可以知道从古到今的大概。知道从古到今的大概，那当然是很好的，然而我一字也不懂。"粤自盘古"就是"粤自盘古"，读下去，记住它，"粤自盘古"呵！"生于太荒"呵！……

应用的物件已经搬完，家中由忙乱转成静肃了。朝阳照着西墙，天气很清朗。母亲，工人，长妈妈即阿长，都无法营救，只默默地静候着我读熟，而且背出来。在百静中，我似乎头里要伸出许多铁钳，将什么"生于太荒"之流夹住；也听到自己急急诵读的声音发着抖，仿佛深秋的蟋蟀，在夜中鸣叫似的。

他们都等候着；太阳也升得更高了。

我忽然似乎已经很有把握，便即站了起来，拿书走进父亲的书房，一气背将下去，梦似的就背完了。

"不错。去罢。"父亲点着头，说。

大家同时活动起来，脸上都露出笑容，向河埠走去。工人将我高高地抱起，仿佛在祝贺我的成功一般，快步走在最前头。

我却并没有他们那么高兴。开船以后，水路中的风景，盒子里的点心，以及到了东关的五猖会的热闹，对于我似乎都没有什么大意思。

直到现在，别的完全忘却，不留一点痕迹了，只有背诵《鉴略》这一段，却还分明如昨日事。

我至今一想起，还诧异我的父亲何以要在那时候叫我来背书。

五月二十五日。

无　常

迎神赛会这一天出巡的神，如果是掌握生杀之权的，——不，这生杀之权四个字不大妥，凡是神，在中国仿佛都有些随意杀人的权柄似的，倒不如说是职掌人民的生死大事的罢，就如城隍和东岳大帝之类，那么，他的卤簿中间就另有一群特别的脚色：鬼卒，鬼王，还有活无常。

这些鬼物们，大概都是由粗人和乡下人扮演的。鬼卒和鬼王是红红绿绿的衣裳，赤着脚；蓝脸，上面又画些鱼鳞，也许是龙鳞或别的什么鳞罢，我不大清楚。鬼卒拿着钢叉，叉环振得琅琅地响，鬼王拿的是一块小小的虎头牌。据传说，鬼王是只用一只脚走路的；但他究竟是乡下人，虽然脸上已经画上些鱼鳞或者别的什么鳞，却仍然只得用了两只脚走路。所以看客对于他们不很敬畏，也不大留心，除了念佛老姬和她的孙子们为面面圆到起见，也照例给他们一个"不胜屏营待命之至"的仪节。

至于我们——我相信：我和许多人——所最愿意看的，却在活无常。他不但活泼而诙谐，单是那浑身雪白这一点，在红红绿绿中就有"鹤立鸡群"之概。只要望见一顶白纸的高帽子和他手里的破芭蕉扇的影子，大家就都有些紧张，而且高兴起来了。

人民之于鬼物，惟独与他最为稔熟，也最为亲密，平时也常常可以遇见他。譬如城隍庙或东岳庙中，大殿后面就有一间暗室，叫作"阴司间"，在才可辨色的昏暗中，塑着各种鬼：吊死鬼，跌死鬼，虎伤鬼，科场鬼，……而一进门口所看见的长而白的东西就是他。我虽然也曾瞻仰过一回这"阴司间"，但那时胆子小，没有看明白。听说他一手还拿着铁索，因为他是勾摄生魂的使者。相传樊江东岳庙的"阴司间"的构造，本来是极其特别的：门口是一块活板，人一进门，踏着活板的这一端，塑在那一端的他便扑过来，铁索正套在你脖子上。后来吓死了一个人，钉实了，所以在我幼小的时候，这就已不能动。

倘使要看个分明，那么，《玉历钞传》上就画着他的像，不过《玉历钞传》也有繁简不同的本子的，倘是繁本，就一定有。

身上穿的是斩衰凶服，腰间束的是草绳，脚穿草鞋，项挂纸锭；手上是破芭蕉扇，铁索，算盘；肩膀是耸起的，头发却披下来；眉眼的外梢都向下，像一个"八"字。头上一顶长方帽，下大顶小，按比例一算，该有二尺来高罢；在正面，就是遗老遗少们所戴瓜皮小帽的缀一粒珠子或一块宝石的地方，直写着四个字道："一见有喜"。有一种本子上，却写的是"你也来了"。这四个字，是有时也见于包公殿的扁额上的，至于他的帽上是何人所写，他自己还是阎罗王，我可没有研究出。

《玉历钞传》上还有一种和活无常相对的鬼物，装束也相仿，叫作"死有分"。这在迎神时候也有的，但名称却讹作死无常了，黑脸，黑衣，谁也不爱看。在"阴司间"里也有的，胸口靠着墙壁，阴森森地站着；那才真真是"碰壁"。凡有进去烧香的人们，必须摩一摩他的脊梁，据说可以摆脱了晦气；我小时也曾摩过这脊梁来，然而晦气似乎终于没有脱，——也许那时不摩，现在的晦气还要重罢，这一节也还是没有研究出。

我也没有研究过小乘佛教的经典，但据耳食之谈，则在印度的佛经里，焰摩天是有的，牛首阿旁也有的，都在地狱里做主任。至于勾摄生魂的使者的这无常先生，却似乎于古无征，耳所习闻的只有什么"人生无常"之类的话。大概这意思传到中国之后，人们便将他具象化了。这实在是我们中国人的创作。

然而人们一见他，为什么就都有些紧张，而且高兴起来呢？

凡有一处地方，如果出了文士学者或名流，他将笔头一扭，就很容易变成"模范县"。我的故乡，在汉末虽曾经虞仲翔先生揄扬过，但是那究竟太早了，后来到底免不了产生所谓"绍兴师爷"，不过也并非男女老小全是"绍兴师爷"，别的"下等人"也不少。这些"下等人"，要他们发什么"我们现在走的是一条狭窄险阻的小路，左面是一个广漠无际的泥潭，右面也是一片广漠无际的浮砂，前面是遥遥茫茫荫在薄雾的里面的目的地"那样热昏似的妙语，是办不到的，可是在无意中，看得往这"荫在薄雾的里面的目的地"的道路很明白：求婚，结婚，养孩子，死亡。但这自然是专就我的故乡而言，若是"模范县"里的人民，那当然又作别论。他们——敝同乡"下等人"——的许多，活着，苦着，被流言，被反噬，因了积久的经验，知道阳间维持"公理"的只有一个会，而且这会的本身就是"遥遥茫茫"，于是乎势不得不发生对于阴间的神往。人是大抵自以为衔些冤抑的；活的"正人君子"们只能骗鸟，若问愚民，他就可以不假思索地回答你：公正的裁判是在阴间！

想到生的乐趣，生固然可以留恋；但想到生的苦趣，无常也不一定是恶客。无论贵贱，无论贫富，其时都是"一双空手见阎王"，有冤的得伸，有罪的就得罚。然而虽说是"下等人"，也何尝没有反省？自己做了一世人，又怎么样呢？未曾"跳到半天空"么？没有"放冷箭"么？无常的手里就拿着大算盘，你摆尽臭架子也无益。对付别人要滴水不羼的公理，对自己总还不如虽在阴司里也还能够寻到一点私情。然而那又究竟是阴间，阎罗天子，牛首阿旁，还有中国人自己想出来的马面，都是并不兼差，真正主持公理的脚色，虽然他们并没有在报上发表过什么大文章。当还未做鬼之前，有时先不欺心的人们，遥想着将来，就又不能不想在整块的公理中，来寻一点情面的末屑，这时候，我们的活无常先生便见得可亲爱了，利中取大，害中取小，我们的古哲墨翟先生谓之"小取"云。

在庙里泥塑的，在书上墨印的模样上，是看不出他那可爱来的。最好是去看戏。但看普通的戏也不行，必须看"大戏"或者"目连戏"。目连戏的热闹，张岱在《陶庵梦忆》上也曾夸张过，说是要连演两三天。在我幼小时候可已经不然了，也如大戏一样，始于黄昏，到次日的天明便完结。这都是敬神禳灾的演剧，全本里一定有一个恶人，次日的将近天明便是这恶人的收场的时候，"恶贯满盈"，阎王出票来勾摄了，于是乎这活的活无常便在戏台上出现。

我还记得自己坐在这一种戏台下的船上的情形，看客的心情和普通是两样的。平常愈夜深愈懒散，这时却愈起劲。他所戴的纸糊的高帽子，本来是挂在台角上的，这时预先拿进去了；一种特别乐器，也准备使劲地吹。这乐器好像喇叭，细而长，可有七八尺，大约是鬼物所爱听的罢，和鬼无关的时候就不用；吹起来，Nhatu, nhatu, nhatututuu 地响，所以我们叫它"目连嗄头"。

在许多人期待着恶人的没落的凝望中，他出来了，服饰比画上还简单，不拿铁索，也不带算盘，就是雪白的一条莽汉，粉面朱唇，眉黑如漆，蹙着，不知道是在笑还是在哭。但他一出台就须打一百零八个嚏，同时也放一百零八个屁，这才自述他的履历。可惜我记不清楚了，其中有一段大概是这样：

    …………

    大王出了牌票，叫我去拿隔壁的癞子。

    问了起来呢，原来是我堂房的阿侄。

    生的是什么病？伤寒，还带痢疾。

    看的是什么郎中？下方桥的陈念义 la 儿子。

    开的是怎样的药方？附子，肉桂，外加牛膝。

    第一煎吃下去，冷汗发出；

    第二煎吃下去，两脚笔直。

    我道 nga 阿嫂哭得悲伤，暂放他还阳半刻。

    大王道我是得钱买放，就将我捆打四十！

这叙述里的"子"字都读作入声。陈念义是越中的名医，俞仲华曾将他写入《荡寇志》里，拟为神仙；可是一到他的令郎，似乎便不大高明了。la者"的"也；"儿"读若"倪"，倒是古音罢；nga者，"我的"或"我们的"之意也。

他口里的阎罗天子仿佛也不大高明，竟会误解他的人格，——不，鬼格。但连"还阳半刻"都知道，究竟还不失其"聪明正直之谓神"。不过这惩罚，却给了我们的活无常以不可磨灭的冤苦的印象，一提起，就使他更加蹙紧双眉，捏定破芭蕉扇，脸向着地，鸭子浮水似的跳舞起来。

Nhatu, nhatu, nhatu—nhatu—nhatututuu！目连嗐头也冤苦不堪似的吹着。

他因此决定了：

难是弗放者个！

那怕你，铜墙铁壁！

那怕你，皇亲国戚！

…………

"难"者，"今"也；"者个"者，"的了"之意，词之决也。"虽有忮心，不怨飘瓦"，他现在毫不留情了，然而这是受了阎罗老子的督责之故，不得已也。一切鬼众中，就是他有点人情；我们不变鬼则已，如果要变鬼，自然就只有他可以比较的相亲近。

我至今还确凿记得，在故乡时候，和"下等人"一同，常常这样高兴地正视过这鬼而人，理而情，可怖而可爱的无常；而且欣赏他脸上的哭或笑，口头的硬语与谐谈……。

迎神时候的无常，可和演剧上的又有些不同了。他只有动作，没有言语，跟定了一个捧着一盘饭菜的小丑似的脚色走，他要去吃；他却不给他。另外还加添了两名脚色，就是"正人君子"之所谓"老婆儿女"。凡"下等人"，都有一种通病：常喜欢以己之所欲，施之于人。虽是对于鬼，也不肯给他孤寂，凡有鬼神，大概总要给他们一对一对地配起来。无常也不在例外。所以，一个是漂亮的女人，只是很有些村妇样，大家都称她无常嫂；这样看来，无常是和我们平辈的，无怪他不摆教授先生的架子。一个是小孩子，小高帽，小白衣；虽然小，两肩却已经耸起了，眉目的外梢也向下。这分明是无常少爷了，大家却叫他阿领，对于他似乎都不很表敬意；猜起来，仿佛是无常嫂的前夫之子似的。但不知何以相貌又和无常有这么像？吁！鬼神之事，难言之矣，只得姑且置之弗论。至于无常何以没有亲儿女，到今年可很容易解释了：鬼神能前知，他怕儿女一多，爱说闲话的就要旁敲侧击地锻成他拿卢布，所以不但研究，还早已实行了"节育"了。

这捧着饭菜的一幕，就是"送无常"。因为他是勾魂使者，所以民间凡有一个人死掉之后，就得用酒饭恭送他。至于不给他吃，那是赛会时候的开玩笑，实际上并不然。但是，和无常开玩笑，是大家都有此意的，因为他爽直，爱发议论，有人情，——要寻真实的朋友，倒还是他妥当。

有人说，他是生人走阴，就是原是人，梦中却入冥去当差的，所以很有些人情。我还记得住在离我家不远的小屋子里的一个男人，便自称是"走无常"，门外常常燃着香烛。但我看他脸上的鬼气反而多。莫非入冥做了鬼，倒会增加人气的么？吁！鬼神之事，难言之矣，这也只得姑且置之弗论了。

　　　　　　　　　　　　　　　　　　　　六月二十三日。

从百草园到三味书屋

我家的后面有一个很大的园，相传叫作百草园。现在是早已并屋子一起卖给朱文公的子孙了，连那最末次的相见也已经隔了七八年，其中似乎确凿只有一些野草；但那时却是我的乐园。

　　不必说碧绿的菜畦，光滑的石井栏，高大的皂荚树，紫红的桑椹；也不必说鸣蝉在树叶里长吟，肥胖的黄蜂伏在菜花上，轻捷的叫天子（云雀）忽然从草间直窜向云霄里去了。单是周围的短短的泥墙根一带，就有无限趣味。油蛉在这里低唱，蟋蟀们在这里弹琴。翻开断砖来，有时会遇见蜈蚣；还有斑蝥，倘若用手指按住它的脊梁，便会拍的一声，从后窍喷出一阵烟雾。何首乌藤和木莲藤缠络着，木莲有莲房一般的果实，何首乌有拥肿的根。有人说，何首乌根是有像人形的，吃了便可以成仙，我于是常常拔它起来，牵连不断地拔起来，也曾因此弄坏了泥墙，却从来没有见过有一块根像人样。如果不怕刺，还可以摘到覆盆子，像小珊瑚珠攒成的小球，又酸又甜，色味都比桑椹要好得远。

　　长的草里是不去的，因为相传这园里有一条很大的赤练蛇。

　　长妈妈曾经讲给我一个故事听：先前，有一个读书人住在古庙里用功，晚间，在院子里纳凉的时候，突然听到有人在叫他。答应着，四面看时，却见一个美女的脸露在墙头上，向他一笑，隐去了。他很高兴；但竟给那走来夜谈的老和尚识破了机关。说他脸上有些妖气，一定遇见“美女蛇”了；这是人首蛇身的怪物，能唤人名，倘一答应，夜间便要来吃这人的肉的。他自然吓得要死，而那老和尚却道无妨，给他一个小盒子，说只要放在枕边，便可高枕而卧。他虽然照样办，却总是睡不着，——当然睡不着的。到半夜，果然来了，沙沙沙！门外像是风雨声。他正抖作一团时，却听得豁的一声，一道金光从枕边飞出，外面便什么声音也没有了，那金光也就飞回来，敛在盒子里。后来呢？后来，老和尚说，这是飞蜈蚣，它能吸蛇的脑髓，美女蛇就被它治死了。

结末的教训是：所以倘有陌生的声音叫你的名字，你万不可答应他。

这故事很使我觉得做人之险，夏夜乘凉，往往有些担心，不敢去看墙上，而且极想得到一盒老和尚那样的飞蜈蚣。走到百草园的草丛旁边时，也常常这样想。但直到现在，总还是没有得到，但也没有遇见过赤练蛇和美女蛇。叫我名字的陌生声音自然是常有的，然而都不是美女蛇。

冬天的百草园比较的无味；雪一下，可就两样了。拍雪人（将自己的全形印在雪上）和塑雪罗汉需要人们鉴赏，这是荒园，人迹罕至，所以不相宜，只好来捕鸟。薄薄的雪，是不行的；总须积雪盖了地面一两天，鸟雀们久已无处觅食的时候才好。扫开一块雪，露出地面，用一枝短棒支起一面大的竹筛来，下面撒些秕谷，棒上系一条长绳，人远远地牵着，看鸟雀下来啄食，走到竹筛底下的时候，将绳子一拉，便罩住了。但所得的是麻雀居多，也有白颊的"张飞鸟"，性子很躁，养不过夜的。

这是闰土的父亲所传授的方法，我却不大能用。明明见它们进去了，拉了绳，跑去一看，却什么都没有，费了半天力，捉住的不过三四只。闰土的父亲是小半天便能捕获几十只，装在叉袋里叫着撞着的。我曾经问他得失的缘由，他只静静地笑道：你太性急，来不及等它走到中间去。

我不知道为什么家里的人要将我送进书塾里去了，而且还是全城中称为最严厉的书塾。也许是因为拔何首乌毁了泥墙罢，也许是因为将砖头抛到间壁的梁家去了罢，也许是因为站在石井栏上跳了下来罢，……都无从知道。总而言之：我将不能常到百草园了。Ade，我的蟋蟀们！Ade，我的覆盆子们和木莲们！……

出门向东，不上半里，走过一道石桥，便是我的先生的家了。从一扇黑油的竹门进去，第三间是书房。中间挂着一块扁道：三味书屋；扁下面是一幅画，画着一只很肥大的梅花鹿伏在古树下。没有孔子牌位，我们便对着那扁和鹿行礼。第一次算是拜孔子，第二次算是拜先生。

第二次行礼时，先生便和蔼地在一旁答礼。他是一个高而瘦的老人，须发都花白了，还戴着大眼镜。我对他很恭敬，因为我早听到，他是本城中极方正，质朴，博学的人。

不知从那里听来的，东方朔也很渊博，他认识一种虫，名曰"怪哉"，冤气所化，用酒一浇，就消释了。我很想详细地知道这故事，但阿长是不知道的，因为她毕竟不渊博。现在得到机会了，可以问先生。

"先生，'怪哉'这虫，是怎么一回事？……"我上了生书，将要退下来的时候，赶忙问。

"不知道！"他似乎很不高兴，脸上还有怒色了。

我才知道做学生是不应该问这些事的，只要读书，因为他是渊博的宿儒，决不至于不知道，所谓不知道者，乃是不愿意说。年纪比我大的人，往往如此，我遇见过好几回了。

我就只读书，正午习字，晚上对课。先生最初这几天对我很严厉，后来却好起来了，不过给我读的书渐渐加多，对课也渐渐地加上字去，从三言到五言，终于到七言。

三味书屋后面也有一个园，虽然小，但在那里也可以爬上花坛去折蜡梅花，在地上或桂花树上寻蝉蜕。最好的工作是捉了苍蝇喂蚂蚁，静悄悄地没有声音。然而同窗们到园里的太多，太久，可就不行了，先生在书房里便大叫起来：

"人都到那里去了？！"

人们便一个一个陆续走回去；一同回去，也不行的。他有一条戒尺，但是不常用，也有罚跪的规则，但也不常用，普通总不过瞪几眼，大声道：

"读书！"

于是大家放开喉咙读一阵书，真是人声鼎沸。有念"仁远乎哉我欲仁斯仁至矣"的，有念"笑人齿缺曰狗窦大开"的，有念"上九潜龙勿用"的，有念"厥土下上上错厥贡苞茅橘柚"的……。先生自己也念书。后来，我们的声音便低下去，静下去了，只有他还大声朗读着：

"铁如意，指挥倜傥，一座皆惊呢～～～；金叵罗，颠倒淋漓噫，千杯未醉嗬～～～……。"

我疑心这是极好的文章，因为读到这里，他总是微笑起来，而且将头仰起，摇着，向后面拗过去，拗过去。

先生读书入神的时候，于我们是很相宜的。有几个便用纸糊的盔甲套在指甲上做戏。我是画画儿，用一种叫作"荆川纸"的，蒙在小说的绣像上一个个描下来，像习字时候的影写一样。读的书多起来，画的画也多起来；书没有读成，画的成绩却不少了，最成片段的是《荡寇志》和《西游记》的绣像，都有一大本。后来，因为要钱用，卖给一个有钱的同窗了。他的父亲是开锡箔店的；听说现在自己已经做了店主，而且快要升到绅士的地位了。这东西早已没有了罢。

九月十八日。

父亲的病

大约十多年前罢，S城中曾经盛传过一个名医的故事：

他出诊原来是一元四角，特拔十元，深夜加倍，出城又加倍。有一夜，一家城外人家的闺女生急病，来请他了，因为他其时已经阔得不耐烦，便非一百元不去。他们只得都依他。待去时，却只是草草地一看，说道"不要紧的"，开一张方，拿了一百元就走。那病家似乎很有钱，第二天又来请了。他一到门，只见主人笑面承迎，道，"昨晚服了先生的药，好得多了，所以再请你来复诊一回。"仍旧引到房里，老妈子便将病人的手拉出帐外来。他一按，冷冰冰的，也没有脉，于是点点头道，"唔，这病我明白了。"从从容容走到桌前，取了药方纸，提笔写道：

"凭票付英洋壹百元正。"下面是署名，画押。

"先生，这病看来很不轻了，用药怕还得重一点罢。"主人在背后说。

"可以，"他说。于是另开了一张方：

"凭票付英洋贰百元正。"下面仍是署名，画押。

这样，主人就收了药方，很客气地送他出来了。

我曾经和这名医周旋过两整年，因为他隔日一回，来诊我的父亲的病。那时虽然已经很有名，但还不至于阔得这样不耐烦；可是诊金却已经是一元四角。现在的都市上，诊金一次十元并不算奇，可是那时是一元四角已是巨款，很不容易张罗的了；又何况是隔日一次。他大概的确有些特别，据舆论说，用药就与众不同。我不知道药品，所觉得的，就是"药引"的难得，新方一换，就得忙一大场。先买药，再寻药引。"生姜"两片，竹叶十片去尖，他是不用的了。起码是芦根，须到河边去掘；一到经霜三年的甘蔗，便至少也得搜寻两三天。可是说也奇怪，大约后来总没有购求不到的。

据舆论说，神妙就在这地方。先前有一个病人，百药无效；待到遇见了什么叶天士先生，只在旧方上加了一味药引：梧桐叶。只一服，便霍然而愈了。"医者，意也。"其时是秋天，而梧桐先知秋气。其先百药不投，今以秋气动之，以气感气，所以……。我虽然并不了然，但也十分佩服，知道凡有灵药，一定是很不容易得到的，求仙的人，甚至于还要拚了性命，跑进深山里去采呢。

这样有两年，渐渐地熟识，几乎是朋友了。父亲的水肿是逐日利害，将要不能起床；我对于经霜三年的甘蔗之流也逐渐失了信仰，采办药引似乎再没有先前一般踊跃了。正在这时候，他有一天来诊，问过病状，便极其诚恳地说：

"我所有的学问，都用尽了。这里还有一位陈莲河先生，本领比我高。我荐他来看一看，我可以写一封信。可是，病是不要紧的，不过经他的手，可以格外好得快……。"

这一天似乎大家都有些不欢，仍然由我恭敬地送他上轿。进来时，看见父亲的脸色很异样，和大家谈论，大意是说自己的病大概没有希望的了；他因为看了两年，毫无效验，脸又太熟了，未免有些难以为情，所以等到危急时候，便荐一个生手自代，和自己完全脱了干系。但另外有什么法子呢？本城的名医，除他之外，实在也只有一个陈莲河了。明天就请陈莲河。

陈莲河的诊金也是一元四角。但前回的名医的脸是圆而胖的，他却长而胖了：这一点颇不同。还有用药也不同，前回的名医是一个人还可以办的，这一回却是一个人有些办不妥帖了，因为他一张药方上，总兼有一种特别的丸散和一种奇特的药引。

芦根和经霜三年的甘蔗，他就从来没有用过。最平常的是"蟋蟀一对"，旁注小字道："要原配，即本在一窠中者。"似乎昆虫也要贞节，续弦或再醮，连做药资格也丧失了。但这差使在我并不为难，走进百草园，十对也容易得，将它们用线一缚，活活地掷入沸汤中完事。然而还有"平地木十株"呢，这可谁也不知道是什么东西了，问药店，问乡下人，问卖草药的，问老年人，问读书人，问木匠，都只是摇摇头，临末才记起了那远房的叔祖，爱种一点花木的老人，跑去一问，他果然知道，是生在山中树下的一种小树，能结红子如小珊瑚珠的，普通都称为"老弗大"。

"踏破铁鞋无觅处，得来全不费工夫。"药引寻到了，然而还有一种特别的丸药：败鼓皮丸。这"败鼓皮丸"就是用打破的旧鼓皮做成；水肿一名鼓胀，一用打破的鼓皮自然就可以克伏他。清朝的刚毅因为憎恨"洋鬼子"，预备打他们，练了些兵称作"虎神营"，取虎能食羊，神能伏鬼的意思，也就是这道理。可惜这一种神药，全城中只有一家出售的，离我家就有五里，但这却不像平地木那样，必须暗中摸索了，陈莲河先生开方之后，就恳切详细地给我们说明。

"我有一种丹，"有一回陈莲河先生说，"点在舌上，我想一定可以见效。因为舌乃心之灵苗……。价钱也并不贵，只要两块钱一盒……。"

我父亲沉思了一会，摇摇头。

"我这样用药还会不大见效，"有一回陈莲河先生又说，"我想，可以请人看一看，可有什么冤愆……。医能医病，不能医命，对不对？自然，这也许是前世的事……。"

我的父亲沉思了一会，摇摇头。

凡国手，都能够起死回生的，我们走过医生的门前，常可以看见这样的扁额。现在是让步一点了，连医生自己也说道："西医长于外科，中医长于内科。"但是S城那时不但没有西医，并且谁也还没有想到天下有所谓西医，因此无论什么，都只能由轩辕岐伯的嫡派门徒包办。轩辕时候是巫医不分的，所以直到现在，他的门徒就还见鬼，而且觉得"舌乃心之灵苗"。这就是中国人的"命"，连名医也无从医治的。

不肯用灵丹点在舌头上，又想不出"冤愆"来，自然，单吃了一百多天的"败鼓皮丸"有什么用呢？依然打不破水肿，父亲终于躺在床上喘气了。还请一回陈莲河先生，这回是特拔，大洋十元。他仍旧泰然的开了一张方，但已停止败鼓皮丸不用，药引也不很神妙了，所以只消半天，药就煎好，灌下去，却从口角上回了出来。

从此我便不再和陈莲河先生周旋，只在街上有时看见他坐在三名轿夫的快轿里飞一般抬过；听说他现在还康健，一面行医，一面还做中医什么学报，正在和只长于外科的西医奋斗哩。

中西的思想确乎有一点不同。听说中国的孝子们，一到将要"罪孽深重祸延父母"的时候，就买几斤人参，煎汤灌下去，希望父母多喘几天气，即使半天也好。我的一位教医学的先生却教给我医生的职务道：可医的应该给他医治，不可医的应该给他死得没有痛苦。——但这先生自然是西医。

父亲的喘气颇长久，连我也听得很吃力，然而谁也不能帮助他。我有时竟至于电光一闪似的想道："还是快一点喘完了罢……。"立刻觉得这思想就不该，就是犯了罪；但同时又觉得这思想实在是正当的，我很爱我的父亲。便是现在，也还是这样想。

早晨，住在一门里的衍太太进来了。她是一个精通礼节的妇人，说我们不应该空等着。于是给他换衣服；又将纸锭和一种什么《高王经》烧成灰，用纸包了给他捏在拳头里……。

"叫呀，你父亲要断气了。快叫呀！"衍太太说。

"父亲！父亲！"我就叫起来。

"大声！他听不见。还不快叫？！"

"父亲！！！父亲！！！"

他已经平静下去的脸，忽然紧张了，将眼微微一睁，仿佛有一些苦痛。

"叫呀！快叫呀！"她催促说。

"父亲！！！"

"什么呢？……不要嚷。……不……。"他低低地说，又较急地喘着气，好一会，这才复了原状，平静下去了。

"父亲！！！"我还叫他，一直到他咽了气。

我现在还听到那时的自己的这声音，每听到时，就觉得这却是我对于父亲的最大的错处。

十月七日。

琐　记

衍太太现在是早经做了祖母，也许竟做了曾祖母了；那时却还年青，只有一个儿子比我大三四岁。她对自己的儿子虽然狠，对别家的孩子却好的，无论闹出什么乱子来，也决不去告诉各人的父母，因此我们就最愿意在她家里或她家的四近玩。

举一个例说罢，冬天，水缸里结了薄冰的时候，我们大清早起一看见，便吃冰。有一回给沈四太太看到了，大声说道："莫吃呀，要肚子疼的呢！"这声音又给我母亲听到了，跑出来我们都挨了一顿骂，并且有大半天不准玩。我们推论祸首，认定是沈四太太，于是提起她就不用尊称了，给她另外起了一个绰号，叫作"肚子疼"。

衍太太却决不如此。假如她看见我们吃冰，一定和蔼地笑着说，"好，再吃一块。我记着，看谁吃的多。"

但我对于她也有不满足的地方。一回是很早的时候了，我还很小，偶然走进她家去，她正在和她的男人看书。我走近去，她便将书塞在我的眼前道，"你看，你知道这是什么？"我看那书上画着房屋，有两个人光着身子仿佛在打架，但又不很像。正迟疑间，他们便大笑起来了。这使我很不高兴，似乎受了一个极大的侮辱，不到那里去大约有十多天。一回是我已经十多岁了，和几个孩子比赛打旋子，看谁旋得多。她就从旁计着数，说道，"好，八十二个了！再旋一个，八十三！好，八十四……"但正在旋着的阿祥，忽然跌倒了，阿祥的婶母也恰恰走进来。她便接着说道，"你看，不是跌了么？不听我的话。我叫你不要旋，不要旋……。"

虽然如此，孩子们总还喜欢到她那里去。假如头上碰得肿了一大块的时候，去寻母亲去罢，好的是骂一通，再给擦一点药；坏的是没有药擦，还添几个栗凿和一通骂。衍太太却决不埋怨，立刻给你用烧酒调了水粉，搽在疙瘩上，说这不但止痛，将来还没有瘢痕。

父亲故去之后，我也还常到她家里去，不过已不是和孩子们玩耍了，却是和衍太太或她的男人谈闲天。我其时觉得很有许多东西要买，看的和吃的，只是没有钱。有一天谈到这里，她便说道，"母亲的钱，你拿来用就是了，还不就是你的么？"我说母亲没有钱，她就说可以拿首饰去变卖；我说没有首饰，她却道，"也许你没有留心。到大厨的抽屉里，角角落落去寻去，总可以寻出一点珠子这类东西……。"

这些话我听去似乎很异样，便又不到她那里去了，但有时又真想去打开大厨，细细地寻一寻。大约此后不到一月，就听到一种流言，说我已经偷了家里的东西去变卖了，这实在使我觉得有如掉在冷水里。流言的来源，我是明白的，倘是现在，只要有地方发表，我总要骂出流言家的狐狸尾巴来，但那时太年青，一遇流言，便连自己也仿佛觉得真是犯了罪，怕遇见人们的眼睛，怕受到母亲的爱抚。

好。那么，走罢！

但是，那里去呢？S城人的脸早经看熟，如此而已，连心肝也似乎有些了然。总得寻别一类人们去，去寻为 S 城人所诟病的人们，无论其为畜生或魔鬼。那时为全城所笑骂的是一个开得不久的学校，叫作中西学堂，汉文之外，又教些洋文和算学。然而已经成为众矢之的了；熟读圣贤书的秀才们，还集了"四书"的句子，做一篇八股来嘲诮它，这名文便即传遍了全城，人人当作有趣的话柄。我只记得那"起讲"的开头是：

> 徐子以告夷子曰：吾闻用夏变夷者，未闻变于夷者也。
> 今也不然：鴃舌之音，闻其声，皆雅言也。……

以后可忘却了，大概也和现今的国粹保存大家的议论差不多。但我对于这中西学堂，却也不满足，因为那里面只教汉文，算学，英文和法文。功课较为别致的，还有杭州的求是书院，然而学费贵。

无须学费的学校在南京，自然只好往南京去。第一个进去的学校，目下不知道称为什么了，光复以后，似乎有一时称为雷电学堂，很像《封神榜》上"太极阵""混元阵"一类的名目。总之，一进仪凤门，便可以看见它那二十丈高的桅杆和不知多高的烟通。功课也简单，一星期中，几乎四整天是英文："It is a cat." "Is it a rat?"一整天是读汉文："君子曰，颍考叔可谓纯孝也已矣，爱其母，施及庄公。"一整天是做汉文：《知己知彼百战百胜论》，《颍考叔论》，《云从龙风从虎论》，《咬得菜根则百事可做论》。

初进去当然只能做三班生，卧室里是一桌一凳一床，床板只有两块。头二班学生就不同了，二桌二凳或三凳一床，床板多至三块。不但上讲堂时挟着一堆厚而且大的洋书，气昂昂地走着，决非只有一本"泼赖妈"和四本《左传》的三班生所敢正视；便是空着手，也一定将肘弯撑开，像一只螃蟹，低一班的在后面总不能走出他之前。这一种螃蟹式的名公巨卿，现在都阔别得很久了，前四五年，竟在教育部的破脚躺椅上，发见了这姿势，然而这位老爷却并非雷电学堂出身的，可见螃蟹态度，在中国也颇普遍。

可爱的是桅杆。但并非如"东邻"的"支那通"所说，因为它"挺然翘然"，又是什么的象征。乃是因为它高，乌鸦喜鹊，都只能停在它的半途的木盘上。人如果爬到顶，便可以近看狮子山，远眺莫愁湖，——但究竟是否真可以眺得那么远，我现在可委实有点记不清楚了。而且不危险，下面张着网，即使跌下来，也不过如一条小鱼落在网子里；况且自从张网以后，听说也还没有人曾经跌下来。

原先还有一个池，给学生学游泳的，这里面却淹死了两个年幼的学生。当我进去时，早填平了，不但填平，上面还造了一所小小的关帝庙。庙旁是一座焚化字纸的砖炉，炉口上方横写着四个大字道："敬惜字纸"。只可惜那两个淹死鬼失了池子，难讨替代，总在左近徘徊，虽然已有"伏魔大帝关圣帝君"镇压着。办学的人大概是好心肠的，所以每年七月十五，总请一群和尚到雨天操场来放焰口，一个红鼻而胖的大和尚戴上毗卢帽，捏诀，念咒："回资啰，普弥耶吽！唵耶吽！唵！耶！吽！！！"

我的前辈同学被关圣帝君镇压了一整年，就只在这时候得到一点好处，——虽然我并不深知是怎样的好处。所以当这些时，我每每想：做学生总得自己小心些。

总觉得不大合适，可是无法形容出这不合适来。现在是发见了大致相近的字眼了，"乌烟瘴气"，庶几乎其可也。只得走开。近来是单是走开也就不容易，"正人君子"者流会说你骂人骂到了聘书，或者是发"名士"脾气，给你几句正经的俏皮话。不过那时还不打紧，学生所得的津贴，第一年不过二两银子，最初三个月的试习期内是零用五百文。于是毫无问题，去考矿路学堂去了，也许是矿路学堂，已经有些记不真，文凭又不在手头，更无从查考。试验并不难，录取的。

这回不是 It is a cat 了，是 Der Mann, Das Weib, Das Kind。汉文仍旧是"颍考叔可谓纯孝也已矣"，但外加《小学集注》。论文题目也小有不同，譬如《工欲善其事必先利其器论》，是先前没有做过的。

此外还有所谓格致，地学，金石学，……都非常新鲜。但是还得声明：后两项，就是现在之所谓地质学和矿物学，并非讲舆地和钟鼎碑版的。只是画铁轨横断面图却有些麻烦，平行线尤其讨厌。但第二年的总办是一个新党，他坐在马车上的时候大抵看着《时务报》，考汉文也自己出题目，和教员出的很不同。有一次是《华盛顿论》，汉文教员反而惴惴地来问我们道："华盛顿是什么东西呀？……"

看新书的风气便流行起来，我也知道了中国有一部书叫《天演论》。星期日跑到城南去买了来，白纸石印的一厚本，价五百文正。翻开一看，是写得很好的字，开首便道：

> 赫胥黎独处一室之中，在英伦之南，背山而面野，槛外诸境，历历如在机下。乃悬想二千年前，当罗马大将恺彻未到时，此间有何景物？计惟有天造草昧……

哦！原来世界上竟还有一个赫胥黎坐在书房里那么想，而且想得那么新鲜？一口气读下去，"物竞""天择"也出来了，苏格拉第，柏拉图也出来了，斯多噶也出来了。学堂里又设立了一个阅报处，《时务报》不待言，还有《译学汇编》，那书面上的张廉卿一流的四个字，就蓝得很可爱。

"你这孩子有点不对了，拿这篇文章去看去，抄下来去看去。"一位本家的老辈严肃地对我说，而且递过一张报纸来。接来看时，"臣许应骙跪奏……"，那文章现在是一句也不记得了，总之是参康有为变法的；也不记得可曾抄了没有。

仍然自己不觉得有什么"不对"，一有闲空，就照例地吃侉饼，花生米，辣椒，看《天演论》。

但我们也曾经有过一个很不平安的时期。那是第二年，听说学校就要裁撤了。这也无怪，这学堂的设立，原是因为两江总督（大约是刘坤一罢）听到青龙山的煤矿出息好，所以开手的。待到开学时，煤矿那面却已将原先的技师辞退，换了一个不甚了然的人了。理由是：一、先前的技师薪水太贵；二、他们觉得开煤矿并不难。于是不到一年，就连煤在那里也不甚了然起来，终于是所得的煤，只能供烧那两架抽水机之用，就是抽了水掘煤，掘出煤来抽水，结一笔出入两清的账。既然开矿无利，矿路学堂自然也就无须乎开了，但是不知怎的，却又并不裁撤。到第三年我们下矿洞去看的时候，情形实在颇凄凉，抽水机当然还在转动，矿洞里积水却有半尺深，上面也点滴而下，几个矿工便在这里面鬼一般工作着。

毕业，自然大家都盼望的，但一到毕业，却又有些爽然若失。爬了几次桅，不消说不配做半个水兵；听了几年讲，下了几回矿洞，就能掘出金银铜铁锡来么？实在连自己也茫无把握，没有做《工欲善其事必先利其器论》的那么容易。爬上天空二十丈和钻下地面二十丈，结果还是一无所能，学问是"上穷碧落下黄泉，两处茫茫皆不见"了。所余的还只有一条路：到外国去。

留学的事，官僚也许可了，派定五名到日本去。其中的一个因为祖母哭得死去活来，不去了，只剩了四个。日本是同中国很两样的，我们应该如何准备呢？有一个前辈同学在，比我们早一年毕业，曾经游历过日本，应该知道些情形。跑去请教之后，他郑重地说：

"日本的袜是万不能穿的，要多带些中国袜。我看纸票也不好，你们带去的钱不如都换了他们的现银。"

四个人都说遵命。别人不知其详，我是将钱都在上海换了日本的银元，还带了十双中国袜——白袜。

后来呢？后来，要穿制服和皮鞋，中国袜完全无用；一元的银圆日本早已废置不用了，又赔钱换了半元的银圆和纸票。

十月八日。

藤野先生

东京也无非是这样。上野的樱花烂熳的时节，望去确也像绯红的轻云，但花下也缺不了成群结队的"清国留学生"的速成班，头顶上盘着大辫子，顶得学生制帽的顶上高高耸起，形成一座富士山。也有解散辫子，盘得平的，除下帽来，油光可鉴，宛如小姑娘的发髻一般，还要将脖子扭几扭。实在标致极了。

中国留学生会馆的门房里有几本书买，有时还值得去一转；倘在上午，里面的几间洋房里倒也还可以坐坐的。但到傍晚，有一间的地板便常不免要咚咚咚地响得震天，兼以满房烟尘斗乱；问问精通时事的人，答道，"那是在学跳舞。"

到别的地方去看看，如何呢？

我就往仙台的医学专门学校去。从东京出发，不久便到一处驿站，写道：日暮里。不知怎地，我到现在还记得这名目。其次却只记得水户了，这是明的遗民朱舜水先生客死的地方。仙台是一个市镇，并不大；冬天冷得利害；还没有中国的学生。

大概是物以希为贵罢。北京的白菜运往浙江，便用红头绳系住菜根，倒挂在水果店头，尊为"胶菜"；福建野生着的芦荟，一到北京就请进温室，且美其名曰"龙舌兰"。我到仙台也颇受了这样的优待，不但学校不收学费，几个职员还为我的食宿操心。我先是住在监狱旁边一个客店里的，初冬已经颇冷，蚊子却还多，后来用被盖了全身，用衣服包了头脸，只留两个鼻孔出气。在这呼吸不息的地方，蚊子竟无从插嘴，居然睡安稳了。饭食也不坏。但一位先生却以为这客店也包办囚人的饭食，我住在那里不相宜，几次三番，几次三番地说。我虽然觉得客店兼办囚人的饭食和我不相干，然而好意难却，也只得别寻相宜的住处了。于是搬到别一家，离监狱也很远，可惜每天总要喝难以下咽的芋梗汤。

从此就看见许多陌生的先生，听到许多新鲜的讲义。解剖学是两个教授分任的。最初是骨学。其时进来的是一个黑瘦的先生，八字须，戴着眼镜，挟着一叠大大小小的书。一将书放在讲台上，便用了缓慢而很有顿挫的声调，向学生介绍自己道：

"我就是叫作藤野严九郎的……。"

后面有几个人笑起来了。他接着便讲述解剖学在日本发达的历史，那些大大小小的书，便是从最初到现今关于这一门学问的著作。起初有几本是线装的；还有翻刻中国译本的，他们的翻译和研究新的医学，并不比中国早。

那坐在后面发笑的是上学年不及格的留级学生，在校已经一年，掌故颇为熟悉的了。他们便给新生讲演每个教授的历史。这藤野先生，据说是穿衣服太模胡了，有时竟会忘记带领结；冬天是一件旧外套，寒颤颤的，有一回上火车去，致使管车的疑心他是扒手，叫车里的客人大家小心些。

他们的话大概是真的，我就亲见他有一次上讲堂没有带领结。

过了一星期，大约是星期六，他使助手来叫我了。到得研究室，见他坐在人骨和许多单独的头骨中间，——他其时正在研究着头骨，后来有一篇论文在本校的杂志上发表出来。

"我的讲义，你能抄下来么？"他问。

"可以抄一点。"

"拿来我看！"

我交出所抄的讲义去，他收下了，第二三天便还我，并且说，此后每一星期要送给他看一回。我拿下来打开看时，很吃了一惊，同时也感到一种不安和感激。原来我的讲义已经从头到末，都用红笔添改过了，不但增加了许多脱漏的地方，连文法的错误，也都一一订正。这样一直继续到教完了他所担任的功课：骨学，血管学，神经学。

可惜我那时太不用功，有时也很任性。还记得有一回藤野先生将我叫到他的研究室里去，翻出我那讲义上的一个图来，是下臂的血管，指着，向我和蔼的说道：

"你看，你将这条血管移了一点位置了。——自然，这样一移，的确比较的好看些，然而解剖图不是美术，实物是那么样的，我们没法改换它。现在我给你改好了，以后你要全照着黑板上那样的画。"

但是我还不服气，口头答应着，心里却想道：

"图还是我画的不错；至于实在的情形，我心里自然记得的。"

学年试验完毕之后，我便到东京玩了一夏天，秋初再回学校，成绩早已发表了，同学一百余人之中，我在中间，不过是没有落第。这回藤野先生所担任的功课，是解剖实习和局部解剖学。

解剖实习了大概一星期，他又叫我去了，很高兴地，仍用了极有抑扬的声调对我说道：

"我因为听说中国人是很敬重鬼的，所以很担心，怕你不肯解剖尸体。现在总算放心了，没有这回事。"

但他也偶有使我很为难的时候。他听说中国的女人是裹脚的，但不知道详细，所以要问我怎么裹法，足骨变成怎样的畸形，还叹息道，"总要看一看才知道。究竟是怎么一回事呢？"

有一天，本级的学生会干事到我寓里来了，要借我的讲义看。我检出来交给他们，却只翻检了一通，并没有带走。但他们一走，邮差就送到一封很厚的信，拆开看时，第一句是：

"你改悔罢！"

这是《新约》上的句子罢，但经托尔斯泰新近引用过的。其时正值日俄战争，托老先生便写了一封给俄国和日本的皇帝的信，开首便是这一句。日本报纸上很斥责他的不逊，爱国青年也愤然，然而暗地里却早受了他的影响了。其次的话，大略是说上年解剖学试验的题目，是藤野先生在讲义上做了记号，我预先知道的，所以能有这样的成绩。末尾是匿名。

我这才回忆到前几天的一件事。因为要开同级会，干事便在黑板上写广告，末一句是"请全数到会勿漏为要"，而且在"漏"字旁边加了一个圈。我当时虽然觉到圈得可笑，但是毫不介意，这回才悟出那字也在讥刺我了，犹言我得了教员漏泄出来的题目。

我便将这事告知了藤野先生；有几个和我熟识的同学也很不平，一同去诘责干事托辞检查的无礼，并且要求他们将检查的结果，发表出来。终于这流言消灭了，干事却又竭力运动，要收回那一封匿名信去。结末是我便将这托尔斯泰式的信退还了他们。

中国是弱国，所以中国人当然是低能儿，分数在六十分以上，便不是自己的能力了：也无怪他们疑惑。但我接着便有参观枪毙中国人的命运了。第二年添教霉菌学，细菌的形状是全用电影来显示的，一段落已完而还没有到下课的时候，便影几片时事的片子，自然都是日本战胜俄国的情形。但偏有中国人夹在里边：给俄国人做侦探，被日本军捕获，要枪毙了，围着看的也是一群中国人；在讲堂里的还有一个我。

"万岁！"他们都拍掌欢呼起来。

这种欢呼，是每看一片都有的，但在我，这一声却特别听得刺耳。此后回到中国来，我看见那些闲看枪毙犯人的人们，他们也何尝不酒醉似的喝采，——呜呼，无法可想！但在那时那地，我的意见却变化了。

到第二学年的终结，我便去寻藤野先生，告诉他我将不学医学，并且离开这仙台。他的脸色仿佛有些悲哀，似乎想说话，但竟没有说。

"我想去学生物学，先生教给我的学问，也还有用的。"其实我并没有决意要学生物学，因为看得他有些凄然，便说了一个慰安他的谎话。

"为医学而教的解剖学之类，怕于生物学也没有什么大帮助。"他叹息说。

将走的前几天，他叫我到他家里去，交给我一张照相，后面写着两个字道："惜别"，还说希望将我的也送他。但我这时适值没有照相了；他便叮嘱我将来照了寄给他，并且时时通信告诉他此后的状况。

我离开仙台之后，就多年没有照过相，又因为状况也无聊，说起来无非使他失望，便连信也怕敢写了。经过的年月一多，话更无从说起，所以虽然有时想写信，却又难以下笔，这样的一直到现在，竟没有寄过一封信和一张照片。从他那一面看起来，是一去之后，杳无消息了。

但不知怎地，我总还时时记起他，在我所认为我师的之中，他是最使我感激，给我鼓励的一个。有时我常常想：他的对于我的热心的希望，不倦的教诲，小而言之，是为中国，就是希望中国有新的医学；大而言之，是为学术，就是希望新的医学传到中国去。他的性格，在我的眼里和心里是伟大的，虽然他的姓名并不为许多人所知道。

他所改正的讲义，我曾经订成三厚本，收藏着的，将作为永久的纪念。不幸七年前迁居的时候，中途毁坏了一口书箱，失去半箱书，恰巧这讲义也遗失在内了。责成运送局去找寻，寂无回信。只有他的照相至今还挂在我北京寓居的东墙上，书桌对面。每当夜间疲倦，正想偷懒时，仰面在灯光中瞥见他黑瘦的面貌，似乎正要说出抑扬顿挫的话来，便使我忽又良心发现，而且增加勇气了，于是点上一枝烟，再继续写些为"正人君子"之流所深恶痛疾的文字。

十月十二日。

范爱农

在东京的客店里，我们大抵一起来就看报。学生所看的多是《朝日新闻》和《读卖新闻》，专爱打听社会上琐事的就看《二六新闻》。一天早晨，辟头就看见一条从中国来的电报，大概是：

"安徽巡抚恩铭被 Jo Shiki Rin 刺杀，刺客就擒。"

大家一怔之后，便容光焕发地互相告语，并且研究这刺客是谁，汉字是怎样三个字。但只要是绍兴人，又不专看教科书的，却早已明白了。这是徐锡麟，他留学回国之后，在做安徽候补道，办着巡警事务，正合于刺杀巡抚的地位。

大家接着就预测他将被极刑，家族将被连累。不久，秋瑾姑娘在绍兴被杀的消息也传来了，徐锡麟是被挖了心，给恩铭的亲兵炒食净尽。人心很愤怒。有几个人便秘密地开一个会，筹集川资；这时用得着日本浪人了，撕乌贼鱼下酒，慷慨一通之后，他便登程去接徐伯荪的家属去。

照例还有一个同乡会，吊烈士，骂满洲；此后便有人主张打电报到北京，痛斥满政府的无人道。会众即刻分成两派：一派要发电，一派不要发。我是主张发电的，但当我说出之后，即有一种钝滞的声音跟着起来：

"杀的杀掉了，死的死掉了，还发什么屁电报呢。"

这是一个高大身材，长头发，眼球白多黑少的人，看人总像在渺视。他蹲在席子上，我发言大抵就反对；我早觉得奇怪，注意着他的了，到这时才打听别人：说这话的是谁呢，有那么冷？认识的人告诉我说：他叫范爱农，是徐伯荪的学生。

我非常愤怒了，觉得他简直不是人，自己的先生被杀了，连打一个电报还害怕，于是便坚执地主张要发电，同他争起来。结果是主张发电的居多数，他屈服了。其次要推出人来拟电稿。

"何必推举呢？自然是主张发电的人啰～～～～。"他说。

我觉得他的话又在针对我，无理倒也并非无理的。但我便主张这一篇悲壮的文章必须深知烈士生平的人做，因为他比别人关系更密切，心里更悲愤，做出来就一定更动人。于是又争起来。结果是他不做，我也不做，不知谁承认做去了；其次是大家走散，只留下一个拟稿的和一两个干事，等候做好之后去拍发。

从此我总觉得这范爱农离奇，而且很可恶。天下可恶的人，当初以为是满人，这时才知道还在其次；第一倒是范爱农。中国不革命则已，要革命，首先就必须将范爱农除去。

然而这意见后来似乎逐渐淡薄，到底忘却了，我们从此也没有再见面。直到革命的前一年，我在故乡做教员，大概是春末时候罢，忽然在熟人的客座上看见了一个人，互相熟视了不过两三秒钟，我们便同时说：

"哦哦，你是范爱农！"

"哦哦，你是鲁迅！"

不知怎地我们便都笑了起来，是互相的嘲笑和悲哀。他眼睛还是那样，然而奇怪，只这几年，头上却有了白发了，但也许本来就有，我先前没有留心到。他穿着很旧的布马褂，破布鞋，显得很寒素。谈起自己的经历来，他说他后来没有了学费，不能再留学，便回来了。回到故乡之后，又受着轻蔑，排斥，迫害，几乎无地可容。现在是躲在乡下，教着几个小学生糊口。但因为有时觉得很气闷，所以也趁了航船进城来。

他又告诉我现在爱喝酒，于是我们便喝酒。从此他每一进城，必定来访我，非常相熟了。我们醉后常谈些愚不可及的疯话，连母亲偶然听到了也发笑。一天我忽而记起在东京开同乡会时的旧事，便问他：

"那一天你专门反对我，而且故意似的，究竟是什么缘故呢？"

"你还不知道？我一向就讨厌你的，——不但我，我们。"

"你那时之前，早知道我是谁么？"

"怎么不知道。我们到横滨，来接的不就是子英和你么？你看不起我们，摇摇头，你自己还记得么？"

我略略一想，记得的，虽然是七八年前的事。那时是子英来约我的，说到横滨去接新来留学的同乡。汽船一到，看见一大堆，大概一共有十多人，一上岸便将行李放到税关上去候查检，关吏在衣箱中翻来翻去，忽然翻出一双绣花的弓鞋来，便放下公事，拿着子细地看。我很不满，心里想，这些鸟男人，怎么带这东西来呢。自己不注意，那时也许就摇了摇头。检验完毕，在客店小坐之后，即须上火车。不料这一群读书人又在客车上让起坐位来了，甲要乙坐在这位上，乙要丙去坐，揖让未终，火车已开，车身一摇，即刻跌倒了三四个。我那时也很不满，暗地里想：连火车上的坐位，他们也要分出尊卑来……。自己不注意，也许又摇了摇头。然而那群雍容揖让的人物中就有范爱农，却直到这一天才想到。岂但他呢，说起来也惭愧，这一群里，还有后来在安徽战死的陈伯平烈士，被害的马宗汉烈士；被囚在黑狱里，到革命后才见天日而身上永带着匪刑的伤痕的也还有一两人。而我都茫无所知，摇着头将他们一并运上东京了。徐伯荪虽然和他们同船来，却不在这车上，因为他在神户就和他的夫人坐车走了陆路了。

我想我那时摇头大约有两回，他们看见的不知道是那一回。让坐时喧闹，检查时幽静，一定是在税关上的那一回了，试问爱农，果然是的。

"我真不懂你们带这东西做什么？是谁的？"

"还不是我们师母的？"他瞪着他多白的眼。

"到东京就要假装大脚，又何必带这东西呢？"

"谁知道呢？你问她去。"

到冬初，我们的景况更拮据了，然而还喝酒，讲笑话。忽然是武昌起义，接着是绍兴光复。第二天爱农就上城来，戴着农夫常用的毡帽，那笑容是从来没有见过的。

"老迅，我们今天不喝酒了。我要去看看光复的绍兴。我们同去。"

我们便到街上去走了一通，满眼是白旗。然而貌虽如此，内骨子是依旧的，因为还是几个旧乡绅所组织的军政府，什么铁路股东是行政司长，钱店掌柜是军械司长……。这军政府也到底不长久，几个少年一嚷，王金发带兵从杭州进来了，但即使不嚷或者也会来。他进来以后，也就被许多闲汉和新进的革命党所包围，大做王都督。在衙门里的人物，穿布衣来的，不上十天也大概换上皮袍子了，天气还并不冷。

我被摆在师范学校校长的饭碗旁边，王都督给了我校款二百元。爱农做监学，还是那件布袍子，但不大喝酒了，也很少有工夫谈闲天。他办事，兼教书，实在勤快得可以。

"情形还是不行，王金发他们。"一个去年听过我的讲义的少年来访问我，慷慨地说，"我们要办一种报来监督他们。不过发起人要借用先生的名字。还有一个是子英先生，一个是德清先生。为社会，我们知道你决不推却的。"

我答应他了。两天后便看见出报的传单，发起人诚然是三个。五天后便见报，开首便骂军政府和那里面的人员；此后是骂都督，都督的亲戚，同乡，姨太太……。

这样地骂了十多天，就有一种消息传到我的家里来，说都督因为你们诈取了他的钱，还骂他，要派人用手枪来打死你们了。

别人倒还不打紧，第一个着急的是我的母亲，叮嘱我不要再出去。但我还是照常走，并且说明，王金发是不来打死我们的，他虽然绿林大学出身，而杀人却不很轻易。况且我拿的是校款，这一点他还能明白的，不过说说罢了。

果然没有来杀。写信去要经费，又取了二百元。但仿佛有些怒意，同时传令道：再来要，没有了！

不过爱农得到了一种新消息，却使我很为难。原来所谓"诈取"者，并非指学校经费而言，是指另有送给报馆的一笔款。报纸上骂了几天之后，王金发便叫人送去了五百元。于是乎我们的少年们便开起会议来，第一个问题是：收不收？决议曰：收。第二个问题是：收了之后骂不骂？决议曰：骂。理由是：收钱之后，他是股东；股东不好，自然要骂。

我即刻到报馆去问这事的真假。都是真的。略说了几句不该收他钱的话，一个名为会计的便不高兴了，质问我道：

"报馆为什么不收股本？"

"这不是股本……。"

"不是股本是什么？"

我就不再说下去了，这一点世故是早已知道的，倘我再说出连累我们的话来，他就会面斥我太爱惜不值钱的生命，不肯为社会牺牲，或者明天在报上就可以看见我怎样怕死发抖的记载。

然而事情很凑巧，季茀写信来催我往南京了。爱农也很赞成，但颇凄凉，说：

"这里又是那样，住不得。你快去罢……。"

我懂得他无声的话，决计往南京。先到都督府去辞职，自然照准，派来了一个拖鼻涕的接收员，我交出账目和余款一角又两铜元，不是校长了。后任是孔教会会长傅力臣。

报馆案是我到南京后两三个星期了结的，被一群兵们捣毁。子英在乡下，没有事；德清适值在城里，大腿上被刺了一尖刀。他大怒了。自然，这是很有些痛的，怪他不得。他大怒之后，脱下衣服，照了一张照片，以显示一寸来宽的刀伤，并且做一篇文章叙述情形，向各处分送，宣传军政府的横暴。我想，这种照片现在是大约未必还有人收藏着了，尺寸太小，刀伤缩小到几乎等于无，如果不加说明，看见的人一定以为是带些疯气的风流人物的裸体照片，倘遇见孙传芳大帅，还怕要被禁止的。

我从南京移到北京的时候，爱农的学监也被孔教会会长的校长设法去掉了。他又成了革命前的爱农。我想为他在北京寻一点小事做，这是他非常希望的，然而没有机会。他后来便到一个熟人的家里去寄食，也时时给我信，景况愈困穷，言辞也愈凄苦。终于又非走出这熟人的家不可，便在各处飘浮。不久，忽然从同乡那里得到一个消息，说他已经掉在水里，淹死了。

我疑心他是自杀。因为他是浮水的好手，不容易淹死的。

夜间独坐在会馆里，十分悲凉，又疑心这消息并不确，但无端又觉得这是极其可靠的，虽然并无证据。一点法子都没有，只做了四首诗，后来曾在一种日报上发表，现在是将要忘记完了。只记得一首里的六句，起首四句是："把酒论天下，先生小酒人。大圜犹酩酊，微醉合沉沦。"中间忘掉两句，末了是"旧朋云散尽，余亦等轻尘。"

后来我回故乡去，才知道一些较为详细的事。爱农先是什么事也没得做，因为大家讨厌他。他很困难，但还喝酒，是朋友请他的。他已经很少和人们来往，常见的只剩下几个后来认识的较为年青的人了，然而他们似乎也不愿意多听他的牢骚，以为不如讲笑话有趣。

"也许明天就收到一个电报，拆开来一看，是鲁迅来叫我的。"他时常这样说。

一天，几个新的朋友约他坐船去看戏，回来已过夜半，又是大风雨，他醉着，却偏要到船舷上去小解。大家劝阻他，也不听，自己说是不会掉下去的。但他掉下去了，虽然能浮水，却从此不起来。

第二天打捞尸体，是在菱荡里找到的，直立着。

我至今不明白他究竟是失足还是自杀。

他死后一无所有，遗下一个幼女和他的夫人。有几个人想集一点钱作他女孩将来的学费的基金，因为一经提议，即有族人来争这笔款的保管权，——其实还没有这笔款，——大家觉得无聊，便无形消散了。

现在不知他唯一的女儿景况如何？倘在上学，中学已该毕业了罢。

　　　　　　　　　　　　　　　　　　　十一月十八日。

后　记

我在第三篇讲《二十四孝》的开头，说北京恐吓小孩的"马虎子"应作"麻胡子"，是指麻叔谋，而且以他为胡人。现在知道是错了，"胡"应作"祜"，是叔谋之名，见唐人李济翁做的《资暇集》卷下，题云《非麻胡》。原文如次：

> 俗怖婴儿曰：麻胡来！不知其源者，以为多髯之神而验刺者，非也。隋将军麻祜，性酷虐，炀帝令开汴河，威棱既盛，至稚童望风而畏，互相恐吓曰：麻祜来！稚童语不正，转祜为胡。只如宪宗朝泾将郝玼，蕃中皆畏惮，其国婴儿啼者，以玼怖之则止。又，武宗朝，闾阎孩孺相胁云：薛尹来！咸类此也。况《魏志》载张文远辽来之明证乎？（原注：麻祜庙在睢阳。郎方节度李丕即其后。丕为重建碑。）

原来我的识见，就正和唐朝的"不知其源者"相同，贻讥于千载之前，真是咎有应得，只好苦笑。但又不知麻祜庙碑或碑文，现今尚在睢阳或存于方志中否？倘在，我们当可以看见和小说《开河记》所载相反的他的功业。

因为想寻几张插画，常维钧兄给我在北京搜集了许多材料，有几种是为我所未曾见过的。如光绪己卯（1879）肃州胡文炳作的《二百卌孝图》——原书有注云："卌读如习。"我真不解他何以不直称四十，而必须如此麻烦——即其一。我所反对的"郭巨埋儿"，他于我还未出世的前几年，已经删去了。序有云：

> ……坊间所刻《二十四孝》，善矣。然其中郭巨埋儿一事，揆之天理人情，殊不可以训。……炳窃不自量，妄为编

辑。凡矫枉过正而刻意求名者，概从割爱；惟择其事之不诡于正，而人人可为者，类为六门。……

这位肃州胡老先生的勇决，委实令我佩服了。但这种意见，恐怕是怀抱者不乏其人，而且由来已久的，不过大抵不敢毅然删改，笔之于书。如同治十一年（1872）刻的《百孝图》，前有纪常郑绩序，就说：

> ……况迩来世风日下，沿习浇漓，不知孝出天性自然，反以孝作另成一事。且择古人投炉埋儿为忍心害理，指割股抽肠为损亲遗体。殊未审孝只在乎心，不在乎迹。尽孝无定形，行孝无定事。古之孝者非在今所宜，今之孝者难泥古之事。因此时此地不同，而其人其事各异，求其所以尽孝之心则一也。子夏曰：事父母能竭其力。故孔门问孝，所答何尝有同然乎？……

则同治年间就有人以埋儿等事为"忍心害理"，灼然可知。至于这一位"纪常郑绩"先生的意思，我却还是不大懂，或者像是说：这些事现在可以不必学，但也不必说他错。

这部《百孝图》的起源有点特别，是因为见了"粤东颜子"的《百美新咏》而作的。人重色而己重孝，卫道之盛心可谓至矣。虽然是"会稽俞葆真兰浦编辑"，与不佞有同乡之谊，——但我还只得老实说：不大高明。例如木兰从军的出典，他注云："隋史"。这样名目的书，现今是没有的；倘是《隋书》，那里面又没有木兰从军的事。

而中华民国九年（1920），上海的书店却偏偏将它用石印翻印了，书名的前后各添了两个字：《男女百孝图全传》。第一叶上还有一行小字道：家庭教育的好模范。又加了一篇"吴下大错王鼎谨识"的序，开首先发同治年间"纪常郑绩"先生一流的感慨：

慨自欧化东渐，海内承学之士，嚚嚚然侈谈自由平等之说，致道德日就沦胥，人心日益浇漓，寡廉鲜耻，无所不为，侥幸行险，人思幸进，求所谓砥砺廉隅，束身自爱者，世不多觏焉。……起观斯世之忍心害理，几全如陈叔宝之无心肝。长此滔滔，伊何底止？……

其实陈叔宝模胡到好像"全无心肝"，或者有之，若拉他来配"忍心害理"，却未免有些冤枉。这是有几个人以评"郭巨埋儿"和"李娥投炉"的事的。

至于人心，有几点确也似乎正在浇漓起来。自从《男女之秘密》，《男女交合新论》出现后，上海就很有些书名喜欢用"男女"二字冠首。现在是连"以正人心而厚风俗"的《百孝图》上也加上了。这大概为因不满于《百美新咏》而教孝的"会稽俞葆真兰浦"先生所不及料的罢。

从说"百行之先"的孝而忽然拉到"男女"上去，仿佛也近乎不庄重，——浇漓。但我总还想趁便说几句，——自然竭力来减省。

我们中国人即使对于"百行之先"，我敢说，也未必就不想到男女上去的。太平无事，闲人很多，偶有"杀身成仁舍生取义"的，本人也许忙得不暇检点，而活着的旁观者总会加以绵密的研究。曹娥的投江觅父，淹死后抱父尸出，是载在正史，很有许多人知道的。但这一个"抱"字却发生过问题。

我幼小时候，在故乡曾经听到老年人这样讲：

……死了的曹娥，和她父亲的尸体，最初是面对面抱着浮上来的。然而过往行人看见的都发笑了，说：哈哈！这么一个年青姑娘抱着这么一个老头子！于是那两个死尸又沉下去了；停了一刻又浮起来，这回是背对背的负着。

曹娥投江
尋父屍

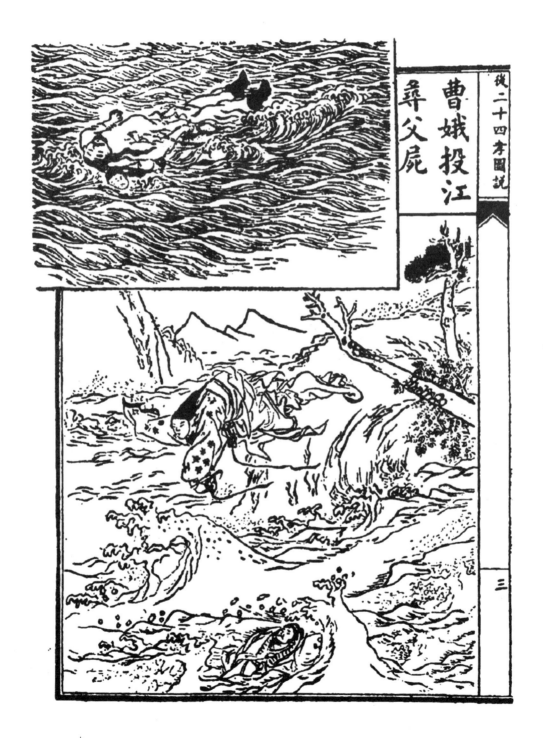

　　好！在礼义之邦里，连一个年幼——呜呼，"娥年十四"而已——的死孝女要和死父亲一同浮出，也有这么艰难！

　　我检查《百孝图》和《二百卌孝图》，画师都很聪明，所画的是曹娥还未跳入江中，只在江干啼哭。但吴友如画的《女二十四孝图》（1892）却正是两尸一同浮出的这一幕，而且也正画作"背对背"，如第一图的上方。我想，他大约也知道我所听到的那故事的。还有《后二十四孝图说》，也是吴友如画，也有曹娥，则画作正在投江的情状，如第一图下。

　　就我现今所见的教孝的图说而言，古今颇有许多遇盗，遇虎，遇火，遇风的孝子，那应付的方法，十之九是"哭"和"拜"。

　　中国的哭和拜，什么时候才完呢？

　　至于画法，我以为最简古的倒要算日本的小田海僊本，这本子早已印入《点石斋丛画》里，变成国货，很容易入手的了。吴友如画的最细巧，也最能引动人。但他于历史画其实是不大相宜的；他久居上海的租界里，耳濡目染，最擅长的倒在作"恶鸨虐妓"，"流氓拆梢"一类的时事画，那真是勃勃有生气，令人在纸上看出上海的洋场来。但影响殊不佳，近来许多小说和儿童读物的插画中，往往将一切女性画成妓女样，一切孩童都画得像一个小流氓，大半就因为太看了他的画本的缘故。

　　而孝子的事迹也比较地更难画，因为总是惨苦的多。譬如"郭巨埋儿"，无论如何总难以画到引得孩子眉飞色舞，自愿躺到坑里去。还有"尝粪心忧"，也不容易引人入胜。还有老莱子的"戏彩娱亲"，题诗上虽说"喜色满庭帏"，而图画上却绝少有有趣的家庭的气息。

　　我现在选取了三种不同的标本，合成第二图。上方的是《百孝图》中的一部分，"陈村何云梯"画的，画的是"取水上堂诈跌卧地作婴儿啼"这一段。也带出"双亲开口笑"来。中间的一小块是我从"直北李锡彤"画的《二十四孝图诗合刊》上描下来的，画的是"著五色斑斓之衣为婴儿戏于亲侧"这一段；手里捏着"摇咕咚"，就是"婴儿戏"这三个字的点题。但大约李先生觉得一个高大的老头子玩这样的把戏究竟不像样，将他的身子竭力收缩，画成一个有胡子的小孩子了。然而仍然无趣。至于线的错误和缺少，那是不能怪作者的，也不能埋怨我，只能去骂刻工。查这刻工当前清同治十二年（1873）时，是在"山东省布政司街南首路西鸿文堂刻字处"。下方的是"民国壬戌"（1922）慎独山房刻本，无画人姓名，但是双料画法，一面"诈跌卧地"，一面"为婴儿戏"，将两件事合起来，而将"斑斓之衣"忘却了。吴友如画的一本，也合两事为一，也忘了斑斓之衣，只是老莱子比较的胖一些，且绾着双丫髻，——不过还是无趣味。

人说，讽刺和冷嘲只隔一张纸，我以为有趣和肉麻也一样。孩子对父母撒娇可以看得有趣，若是成人，便未免有些不顺眼。放达的夫妻在人面前的互相爱怜的态度，有时略一跨出有趣的界线，也容易变为肉麻。老莱子的作态的图，正无怪谁也画不好。像这些图画上似的家庭里，我是一天也住不舒服的，你看这样一位七十岁的老太爷整年假惺惺地玩着一个"摇咕咚"。

汉朝人在宫殿和墓前的石室里，多喜欢绘画或雕刻古来的帝王，孔子弟子，列士，列女，孝子之类的图。宫殿当然一椽不存了；石室却偶然还有，而最完全的是山东嘉祥县的武氏石室。我仿佛记得那上面就刻着老莱子的故事。但现在手头既没有拓本，也没有《金石萃编》，不能查考了；否则，将现时的和约一千八百年前的图画比较起来，也是一种颇有趣味的事。

关于老莱子的，《百孝图》上还有这样的一段：

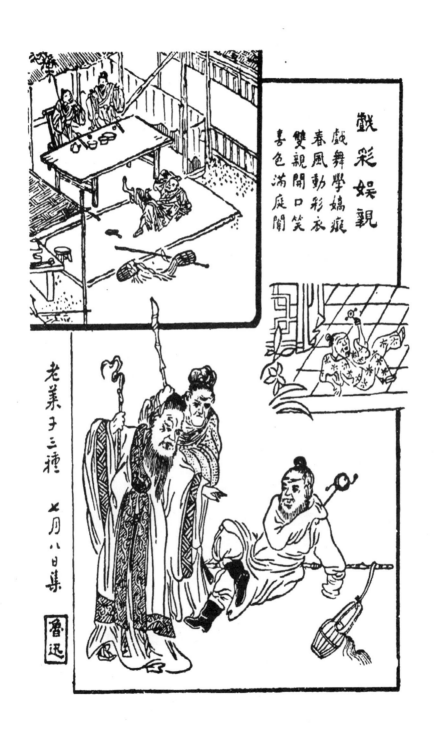

戲彩娛親

戲舞學嬌癡
春風動彩衣
雙親開口笑
喜色滿庭闈

老萊子三穉　七月八日集

……莱子又有弄雏娱亲之事：尝弄雏于双亲之侧，欲亲之喜。（原注：《高士传》。）

谁做的《高士传》呢？嵇康的，还是皇甫谧的？也还是手头没有书，无从查考。只在新近因为白得了一个月的薪水，这才发狠买来的《太平御览》上查了一通，到底查不着，倘不是我粗心，那就是出于别的唐宋人的类书里的了。但这也没有什么大关系。我所觉得特别的，是文中的那"雏"字。

我想，这"雏"未必一定是小禽鸟。孩子们喜欢弄来玩耍的，用泥和绸或布做成的人形，日本也叫Hina，写作"雏"。他们那里往往存留中国的古语；而老莱子在父母面前弄孩子的玩具，也比弄小禽鸟更自然。所以英语的Doll，即我们现在称为"洋囡囡"或"泥人儿"，而文字上只好写作"傀儡"的，说不定古人就称"雏"，后来中绝，便只残存于日本了。但这不过是我一时的臆测，此外也并无什么坚实的凭证。

这弄雏的事，似乎也还没有人画过图。

我所搜集的另一批，是内有"无常"的画像的书籍。一曰《玉历钞传警世》（或无下二字），一曰《玉历至宝钞》（或作编）。其实是两种都差不多的。关于搜集的事，我首先仍要感谢常维钧兄，他寄给我北京龙光斋本，又鉴光斋本；天津思过斋本，又石印局本；南京李光明庄本。其次是章矛尘兄，给我杭州玛瑙经房本，绍兴许广记本，最近石印本。又其次是我自己，得到广州宝经阁本，又翰元楼本。

这些《玉历》，有繁简两种，是和我的前言相符的。但我调查了一切无常的画像之后，却恐慌起来了。因为书上的"活无常"是花袍，纱帽，背后插刀；而拿算盘，戴高帽子的却是"死有分"！虽然面貌有凶恶和和善之别，脚下有草鞋和布（？）鞋之殊，也不过画工偶然的随便，而最关紧要的题字，则全体一致，曰："死有分"。呜呼，这明明是专在和我为难。

然而我还不能心服。一者因为这些书都不是我幼小时候所见的那一部，二者因为我还确信我的记忆并没有错。不过撕下一叶来做插画的企图，却被无声无臭地打得粉碎了。只得选取标本各一——南京本的死有分和广州本的活无常——之外，还自己动手，添画一个我所记得的目连戏或迎神赛会中的"活无常"来塞责，如第三图上方。好在我并非画家，虽然太不高明，读者也许不至于嗔责罢。先前想不到后来，曾经对于吴友如先生辈颇说过几句蹊跷话，不料曾几何时，即须自己出丑了，现在就预先辩解几句在这里存案。但是，如果无效，那也只好直抄徐（印世昌）大总统的哲学：听其自然。

还有不能心服的事，是我觉得虽是宣传《玉历》的诸公，于阴间的事情其实也不大了然。例如一个人初死时的情状，那图像就分成两派。一派是只来一位手执钢叉的鬼卒，叫作"勾魂使者"，此外什么都没有；一派是一个马面，两个无常——阳无常和阴无常——而并非活无常和死有分。倘说，那两个就是活无常和死有分罢，则和单个的画像又不一致。如第四图版上的A，阳无常何尝是花袍纱帽？只有阴无常却和单画的死有分颇相像的，但也放下算盘拿了扇。这还可以说大约因为其时是夏天，然而怎么又长了那么长的络腮胡子了呢？难道夏天时疫多，他竟忙得连修刮的工夫都没有了么？这图的来源是天津思过斋的本子，合并声明；还有北京和广州本上的，也相差无几。

B是从南京的李光明庄刻本上取来的，图画和A相同，而题字则正相反了：天津本指为阴无常者，它却道是阳无常。但和我的主张是一致的。那么，倘有一个素衣高帽的东西，不问他胡子之有无，北京人，天津人，广州人只管去称为阴无常或死有分，

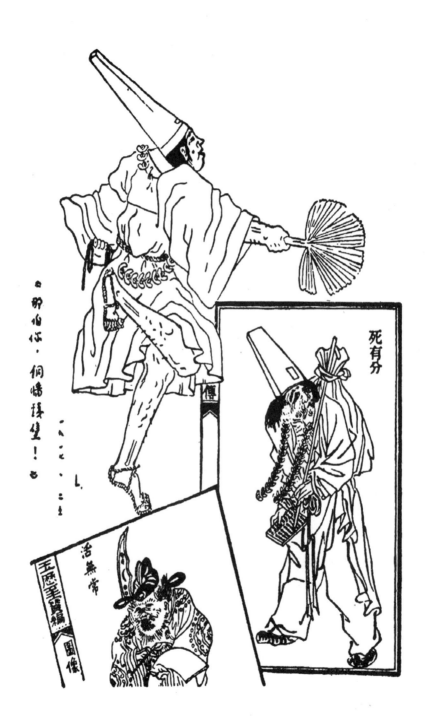

死有分

活無常

玉歷至寶編

圖像

我和南京人则叫他活无常，各随自己的便罢。"名者，实之宾也"，不关什么紧要的。

不过我还要添上一点 C 图，是绍兴许广记刻本中的一部分，上面并无题字，不知宣传者于意云何。我幼小时常常走过许广记的门前，也闲看他们刻图画，是专爱用弧线和直线，不大肯作曲线的，所以无常先生的真相，在这里也难以判然。只是他身边另有一个小高帽，却还能分明看出，为别的本子上所无。这就是我所说过的在赛会时候出现的阿领。他连办公时间也带着儿子（？）走，我想，大概是在叫他跟随学习，预备长大之后，可以"无改于父之道"的。

除勾摄人魂外，十殿阎罗王中第四殿五官王的案桌旁边，也什九站着一个高帽脚色。如 D 图，1 取自天津的思过斋本，模样颇漂亮；2 是南京本，舌头拖出来了，不知何故；3 是广州的宝经阁本，扇子破了；4 是北京龙光斋本，无扇，下巴之下一条黑，我看不透它是胡子还是舌头；5 是天津石印局本，也颇漂亮，然而站到第七殿泰山王的公案桌边去了：这是很特别的。

又，老虎噬人的图上，也一定画有一个高帽的脚色，拿着纸扇子暗地里在指挥。不知道这也就是无常呢，还是所谓"伥鬼"？但我乡戏文上的伥鬼都不戴高帽子。

研究这一类三魂渺渺，七魄茫茫，"死无对证"的学问，是很新颖，也极占便宜的。假使征集材料，开始讨论，将各种往来的信件都编印起来，恐怕也可以出三四本颇厚的书，并且因此升为"学者"。但是，"活无常学者"，名称不大冠冕，我不想干下去了，只在这里下一个武断：

《玉历》式的思想是很粗浅的："活无常"和"死有分"，合起来是人生的象征。人将死时，本只须死有分来到。因为他一

到，这时候，也就可见"活无常"。

但民间又有一种自称"走阴"或"阴差"的，是生人暂时入冥，帮办公事的脚色。因为他帮同勾魂摄魄，大家也就称之为"无常"；又以其本是生魂也，则别之曰"阳"，但从此便和"活无常"隐然相混了。如第四图版之 A，题为"阳无常"的，是平常人的普通装束，足见明明是阴差，他的职务只在领鬼卒进门，所以站在阶下。

既有了生魂入冥的"阳无常"，便以"阴无常"来称职务相似而并非生魂的死有分了。

做目连戏和迎神赛会虽说是祷祈，同时也等于娱乐，扮演出来的应该是阴差，而普通状态太无趣，——无所谓扮演，——不如奇特些好，于是就将"那一个无常"的衣装给他穿上了；——自然原也没有知道得很清楚。然而从此也更传讹下去。所以南京人和我之所谓活无常，是阴差而穿着死有分的衣冠，顶着真的活无常的名号，大背经典，荒谬得很的。

不知海内博雅君子，以为何如？

我本来并不准备做什么后记，只想寻几张旧画像来做插图，不料目的不达，便变成一面比较，剪贴，一面乱发议论了。那一点本文或作或辍地几乎做了一年，这一点后记也或作或辍地几乎做了两个月。天热如此，汗流浃背，是亦不可以已乎：爰为结。

一九二七年七月十一日，写完于广州东堤寓楼之西窗下。